LA DÉCOUVERTE DE L'AMÉRIQUE
PAR LES TURCS

Du même auteur
aux Éditions Stock

Les Pâtres de la nuit (1970)
Les Deux Morts de Quinquin-la-flotte (1971)
Gabriela, Girofle et Cannelle (1971)
Dona Flor et ses Deux Maris (1972)
La Boutique aux miracles (1976)
Le Vieux Marin (1978)
Tieta d'Agreste (1979)
La Bataille du Petit-Trianon (1980)
Le Chat et l'Hirondelle (1983)
Tocaia Grande (1985)
Yansan des Orages (1989)
Tereza Batista (version intégrale, 1991)

Jorge Amado

La découverte de l'Amérique par les Turcs

ou

Comment l'Arabe Jamil Bichara,
défricheur de terres vierges,
venu en la bonne ville d'Itabuna
pour satisfaire aux nécessités du corps,
s'y vit offrir fortune et mariage

ou encore

LES FIANÇAILLES D'ADMA

mini-roman

TRADUIT DU PORTUGAIS (BRÉSIL)
PAR JEAN ORECCHIONI

Nouveau Cabinet Cosmopolite
Stock

Titre original :

A DESCOBERTA DA AMERICA
PELOS TURCOS

OU
DE COMO O ARABE JAMIL BICHARA
DESBRAVADOR DE FLORESTAS
DE VISITA A CIDADE DE ITABUNA
PARA DAR ABASTO AO CORPO,
ALI LHE OFERECERAM
FORTUNA E CASAMENTO

OU AINDA
OS ESPONSAIS DE ADMA

Pour Zélia, dans les joies et les tristesses de cet automne.

Pour Antonio Alçada Baptista et Nuno Lima de Carvalho, qui ont découvert le Brésil et fait la conquête des indigènes avec les armes de l'attachement et de l'amitié.

1

A en croire les historiens ibériques, tant espagnols que portugais, la découverte des Amériques par les Turcs, lesquels ne sont pas le moins du monde turcs, mais arabes de bonne souche, a eu lieu très tardivement, à une époque relativement récente; en tout cas, pas avant le siècle dernier.

Il faut tenir compte du fait que les auteurs de la Péninsule sont directement intéressés, et par là même suspects : pour eux, seuls sont à exalter et magnifier les hauts faits et les grandes figures d'Espagnols et de Portugais, Christophe Colomb, Amerigo Vespucci, Vasco de Gama, Fernand de Magellan et autres vedettes. Castillans et Lusitains de la plus haute vertu, du plus noble lignage chrétien, du sang le plus pur, les intrépides, les indomptables héros. Avant d'aller plus loin, il faudrait d'ailleurs rappeler que des littérateurs italiens, produisant témoins et certificats de naissance, revendiquent pour l'autre péninsule, celle des macaronis, la gloire d'avoir été le berceau de Colomb et de Vespucci : celui qui fit la découverte et celui qui en tira parti pour donner son nom aux terres jusque-là inconnues. Autres documents, autres témoins, voilà les Espagnols qui répliquent, allez donc savoir qui a raison ; on peut toujours falsifier des cachets, acheter des témoins avec du vil métal. Si les Espagnols méritent peu de crédit, les Italiens moins encore, comme le prouve aisément l'imposture de Vespucci. Et les Vikings, dans cette affaire ? Un beau sac d'embrouilles, la Découverte.

Sur le bateau d'immigrants qui les avait amenés du Moyen-Orient, des montagnes de Syrie et du Liban aux forêts vierges du Brésil, longue traversée de dures tourmentes, Raduan Murad, qui avait la justice aux trousses pour quelques arnaques de joueur invétéré, ce qui ne l'empêchait pas d'être un homme cultivé, d'un commerce exquis, avait révélé à son compagnon d'entrepont, le Syrien Jamil Bichara, que, s'étant penché au cours de nuits d'insomnie sur des grimoires relatifs au premier voyage de Colomb, il avait découvert, dans la liste des marins qui composaient l'équipage de l'une des trois caravelles de la joyeuse expédition, le nom d'un certain Alonso Bichara. Le Maure Bichara, embarqué peut-être de force, l'un de ces innombrables héros oubliés à l'heure des célébrations et des récompenses : l'amiral se couvre de gloire, les matelots de merde. Tout érudit qu'il était, Raduan Murad usait d'un langage cru.

Vrai ou faux ? Raduan Murad avait l'imagination fertile, l'esprit inventif et, quant aux scrupules, ce n'était pas son fort. Quelques années plus tard, déjà bien enraciné dans les terres vierges, il inventerait le « brelan d'Itabuna », constitué par trois cartes dissemblables, une nouveauté aux tables de poker, d'une utilité incontestable au moment du bluff, et dont la renommée se répandit dans toute la région méridionale de l'État de Bahia. Fait réel ou boniment, peu importe, car les événements qui vont être ici relatés ont eu Jamil pour protagoniste, et non son prétendu aïeul, maure en tant que Bichara, espagnol en tant qu'Alonso, et d'existence douteuse. Mieux vaut s'intéresser à des faits bien établis, irréfutables, même si l'histoire authentique n'est pas toujours sans rapport avec le miraculeux.

L'allusion à la découverte de l'Amérique est à mettre au compte des commémorations qu'on voit se dérouler actuellement, omniprésentes : par les temps qui courent, impossible à un honnête citoyen de faire le moindre pas, de lâcher le moindre pet, sans que le Cinquième Centenaire lui dégringole sur la tête. Cinquième Centenaire de la Découverte, disent les descendants des intrépides qui découvrirent l'autre côté de la mer. De la Conquête, se récrient les descendants des Indiens massacrés, des nègres réduits en esclavage, des civilisations anéanties au passage des mercenaires et des missionnaires qui promenaient la croix du Christ et les fonts baptismaux.

La discussion est engagée, violente polémique, sans demi-teinte, sans accord envisageable : le sectarisme prévaut d'un côté comme de l'autre; s'en mêle qui voudra, au risque de recevoir des balles perdues, mais ce ne sera sûrement pas moi, métis brésilien, produit de la découverte et de la conquête, fruit du mélange. Je suis là pour raconter ce qui est arrivé à Jamil Bichara, Raduan Murad et autres Arabes en pleine découverte du Brésil dans les débuts de notre siècle. Les premiers à arriver du Moyen-Orient étaient porteurs de papiers de l'Empire ottoman, et c'est la raison pour laquelle ils sont, de nos jours encore, appelés Turcs, de cette brave population turque qui, avec tant d'autres, a contribué et contribue à former, par amalgame, la population brésilienne.

Le bateau sur lequel s'étaient embarqués le jeune Jamil Bichara et le docte Raduan Murad accosta à Bahia-de-Tous-les-Saints en octobre 1903, quatre cent onze ans après l'épopée des caravelles de Colomb. Le débarquement n'en était pas moins, cependant, une découverte et une conquête; car les terres du sud de l'État de Bahia, où ils se lancèrent dans la bataille de l'existence, étaient en ce temps-là couvertes de forêt vierge. A peine commençait-on à y établir des cultures, à y construire des maisons. Colonels et jagunços[1] en armes se massacraient pour la possession de la terre, la meilleure terre du monde pour la culture du cacao. Venus de tous les horizons, gens du sertão, de l'État de

1. Les grands propriétaires terriens et leurs hommes de main. (*N.d.T.*)

Sergipe, Juifs, Turcs (on disait Turcs, et ils étaient arabes, syriens et libanais) : Brésiliens tous autant qu'ils étaient.

2

Née à bord, l'amitié qui devait lier pour la vie Jamil Bichara et Raduan Murad se maintint et se renforça quand les deux immigrants, sans s'être préalablement consultés, décidèrent de tenter l'aventure sur les terres du sud de Bahia, l'Eldorado du cacao, tout juste découvert.

Au cours de la traversée, effroyable, Jamil avait pu admirer le savoir et la virtuosité de Murad. Tout jeune garçon, presque un enfant encore, il s'était enthousiasmé à voir son compagnon de voyage dominer le mal de mer et prodiguer science et rouerie à la table de poker (rien de plus qu'une simple planche qui vacillait au gré des mouvements du bateau) ou au damier de trictrac. Ou encore à l'entendre déclamer des poésies amoureuses, pleines de sensualité parfois, évoquant vins et odalisques, et qu'il disait en arabe ou en persan durant les nuits de lune sur la mer, courtepointe d'étoiles. Jamil et les autres auditeurs, racaille grossière, ne connaissaient point la langue persane, et le nom antique d'Omar Khayyam ne leur disait rien, mais la sonorité des vers des Rubaiyât, caressante mélodie, leur faisait supporter un peu mieux les tourments du voyage et augmentait le prestige de Raduan Murad : il descendit du bateau tout entouré de marques de respect, les poches pleines de pièces de cuivre, d'argent et d'or, gagnées grâce au talent et à l'adresse manuelle.

L'Eldorado du cacao ! On voyait affluer des gens du sertão, des États du Nordeste ; le Sergipe, le plus petit, le plus proche et le plus pauvre, faillit se dépeupler d'hommes mâles : ceux-ci abandonnaient épouses, fiancées, petites amies. Les Arabes, quant à eux, à peine descendus du navire de la compagnie de navigation Bahiana, sur le port d'Ilhéus, prenaient la direction de la grande forêt, en quête de la fortune assurée et facile. Fortune facile ? Assurée ?

Incertaine, plutôt; et risquée. Si le bonhomme ne laissait pas la peau dans la première rencontre de jagunços, s'il arrivait à s'accrocher, il lui faudrait de la vaillance pour le dur labeur, et du courage pour affronter la mort.

Jamil Bichara ne manquait pas d'ardeur au travail et il était intrépide de naissance : Levantin des hamadas de l'Euphrate, il avait hérité la bravoure naturelle de tribus qui se battaient entre elles pour le seul plaisir de se battre, plaisir de la vie. Une affirmation semblable peut être faite à propos de Raduan Murad, en dépit des racontars. Sans même parler du courage moral, incontestable, comment dénier hardiesse et intrépidité à quelqu'un qui affronta plus d'une fois des fiers-à-bras dans les tripots, et qui, de plus, allait sans arme en un pays où personne ne se dispensait du revolver ou de l'escopette? Calme, serein, imperturbable, même quand soupçons et menaces volaient bas : car il y avait des gaillards qui ne saluaient pas toujours le « brelan d'Itabuna » par des éclats de rire et des applaudissements.

Quant à dire, comme le faisaient certains par jalousie, que c'était un adversaire déterminé du travail, qu'il l'avait en sainte horreur, comme c'est souvent le cas de gens instruits, c'est là, bien évidemment, pure injustice et malveillance. S'il est vrai qu'en sa prime jeunesse, le Professeur (ainsi l'appelait-on souvent par déférence) s'était refusé obstinément à des activités peu en rapport avec ses capacités intellectuelles, il n'y avait pas de travailleur plus assidu et ponctuel que lui à une table de poker ou de tout autre jeu de hasard. De hasard? Pour Raduan Murad, il n'existait pas de jeux de hasard. Dans un cercle de papotage décontracté, il n'avait pas son rival et, de temps à autre, pour se désennuyer, il rédigeait dans un portugais aisé, agrémenté d'accent oriental, des articles sur les problèmes de la zone cacaotière. S'il n'en écrivait pas plus souvent, c'était uniquement faute de gazette où les publier, et de crainte qu'on ne voulût le nommer au groupe scolaire ou à la municipalité. Bien décidé à préserver sa liberté, il appréciait par-dessus tout le droit à demeurer maître de son temps, qu'il ne voulait pas gouverner en fonction des aiguilles d'une horloge.

En tous points différents l'un de l'autre, rien ne pouvait cependant troubler l'amitié des deux Turcs, le Syrien et le Libanais. Nationalités fraternelles et ennemies. Jamil était né syrien, tandis que Raduan était libanais de naissance et de conviction. La religion aussi les opposait : musulman, jurant par Allah et Mahomet, le jeune Jamil ; issu d'une famille chrétienne de rite maronite, le sceptique Raduan, que les vicissitudes de l'existence et le vice de la lecture avaient converti au matérialisme (plus ou moins grossier). Et la différence d'âge, elle non plus, ne constitua aucun obstacle à leur entente. A l'époque des faits, Jamil n'avait pas encore fêté ses trente ans, et c'était un fougueux étalon particulièrement recherché par les dames de petite vertu ; Raduan, lui, était déjà un quadragénaire plein de charme, la coqueluche des jeunes femmes et jeunes filles.

Enfin, la distance entre Itaguassu, village perdu dans la brousse, où Jamil s'échinait, et Itabuna, petite ville de création récente, mais déjà prospère, à laquelle Raduan accordait le privilège d'y avoir élu domicile et d'y exercer ses activités, cette distance non plus ne séparait pas les deux compères. Une fois par mois, Jamil venait à Itabuna, afin de réapprovisionner l'établissement de commerce, modeste mais sans concurrence, où il vendait un peu de tout à la petite population fixe de l'endroit et à la foule innombrable des gens de passage, conducteurs de convois, ouvriers agricoles, jagunços, ainsi que le peuple nomade des filles de joie qui circulaient sur les pistes du cacao. Il venait également, sans prévenir, pour se distraire, se retremper dans la vie civilisée – « tu viens prendre ton bain de civilisation, camarade ? », ainsi l'accueillait Raduan en le voyant arriver à l'improviste – s'amuser, se détendre (on n'est pas de fer, tout de même !) au cabaret, au bistrot, chez les putes. C'était la fête, le philosophe Raduan et lui ne se quittaient plus, bavardages à n'en plus finir, rigolades incessantes, godets successifs, polkas et mazurkas. A l'occasion de soirées particulièrement animées, Raduan, dans les rues désertes d'Itabuna, bras dessus bras dessous avec Paula la Louchonne ou quelque autre, se mettait parfois à déclamer en arabe des poèmes d'amour dans lesquels le vin coulait à flots et dansaient les sultanes ; main dans la main, avec Glorinha Cul d'Or, Jamil, en l'écoutant, avait les larmes aux yeux.

3

Assis pour se reposer au terme d'une journée harassante (ô combien!) devant le Comptoir d'Itaguassu (le commerce en façade, les pièces d'habitation par-derrière), Jamil Bichara, quelques années après la cérémonie de demande en mariage, riait à gorge déployée en se remémorant les épisodes de la transaction de la mercerie, le danger qu'il avait couru le jour où, sur le conseil de Raduan Murad, Ibrahim Jafet lui avait proposé de l'associer au Bon Marché et lui avait offert la main de sa fille aînée, Adma. Les trois plus jeunes étaient déjà mariées, bien ou mal, elle encore demoiselle; acariâtre, hargneuse, intacte, plus que vierge : vieille fille.

C'était pour elle (et pour la mercerie, une affaire en or!) que Jamil avait été à deux doigts de quitter Itaguassu et le Comptoir nouvellement installé – un nom somptueux, pour ce petit commerce de farine de manioc, haricots noirs, eau-de-vie de canne et sandales de cuir. Par la suite, il en viendrait à faire le gros et le détail, pour approvisionner les propriétaires des environs et les habitants de l'endroit, avec un stock diversifié, allant de la viande sèche aux pantalons de coutil, des sandales de cuir brut aux bottines et aux chapeaux, pièces de calicot, de linon, bobines de fil, aiguilles à coudre, brillantine, gravures de saints catholiques miraculeux. Tout mahométan qu'il était, d'obédience chiite, Jamil ne nourrissait aucun préjugé religieux dès lors qu'il s'agissait de gagner de l'argent : Allah est grand, sa sagesse est infinie, il lit dans le cœur des hommes, peut tout comprendre et tout apprécier.

Les Bichara, nombreux et entreprenants, s'étaient dispersés dans les ports de la Méditerranée et des alentours. Ils s'établirent en Espagne, comme on l'a vu précédemment, en Crète, en Égypte et au Maroc, passèrent de Libye en Italie, arrivèrent jusqu'au Sénégal ; un certain Michel Bichara, à la tête d'une bande de brigands dans la cité de Marseille, en France, finit sur l'échafaud. Le premier à découvrir l'Amérique, à prendre la direction du Brésil, ce fut Jamil. Dans les fastes familiaux, son nom de pionnier brille au côté de celui de Michel Bichara, le *brigand du port* *.

Lors de son départ, avant d'embarquer, il alla s'agenouiller aux pieds du mollah Tahar Bichara, son grand-oncle, sage et saint homme, disciple préféré du Prophète, interlocuteur d'Allah à l'heure de la prière; il était à prévoir qu'il accéderait sous peu à la dignité et aux privilèges d'ayatollah. Jamil reçut de lui une lettre de recommandation adressée au compatriote Anuar, chef de la tribu des Maron, établie dans l'État de Bahia et propriétaire de plusieurs fazendas de cacao. Lettre au nabab, prières à Allah, qui n'abandonnerait certainement pas le fils perdu dans l'immensité des Amériques. Le mollah en faisait son affaire : le nom de Jamil demeurerait dans sa bouche, dans les oreilles d'Allah et de son prophète Mohammed.

La lettre fut précieuse, certes, et joua un rôle déterminant dans le choix par Jamil de la région méridionale de Bahia, puisqu'il avait là quelqu'un sur qui s'appuyer pour se lancer dans l'existence; mais il est bien certain que les prières du vénérable Tahar permirent au nou-

* En français dans le texte. (*N.d.T.*)

veau Brésilien de ne pas se sentir perdu, abandonné, dans cette patrie d'adoption qu'il devait conquérir pas à pas, jour après jour. Il incombe à Allah d'assister ses enfants dans les moments décisifs, de les défendre des tentations de Chitân, insidieux démon, de leur montrer le bon chemin, d'empêcher qu'ils ne viennent à commettre une faute majeure capable de leur faire souffrir sur cette terre tous les maux de l'enfer.

Allah accompagna les pas de son fils nomade tout le temps qu'il parcourut, pour le compte du Turc Anuar Maron, les terres du cacao d'est en ouest, du nord au sud ; et les limites reculaient, les distances augmentaient sans cesse. Il le sauva de multiples dangers, tous terribles : des crotales et des jaracuçus, aux morsures fatales, de la variole endémique et de la fièvre jaune, qui ne pardonnent pas, des embuscades, des jagunços, des conflits et des luttes armées, colonels contre colonels, avec leurs mercenaires et leurs hommes liges dont les carcasses jalonnaient des chemins ouverts à coups de tromblon et de poignard.

Anuar Maron, le *colonel* Anuar Maron, puisqu'il était millionnaire et produisait des cinq mille arrobes et plus, ajoutait à ses propres récoltes les modestes cueillettes de ceux qui ne possédaient qu'un lopin de terre cultivée et n'avaient pas les moyens d'amener le cacao séché aux entrepôts des exportateurs, installés à Ilhéus et Itabuna. Mandaté par son compatriote fortuné, Jamil achetait pour lui la production des petits planteurs, en concurrence avec les agents du colonel Misael Tavares, le roi du cacao, ou du colonel Basilio de Oliveira, le seigneur de Pirangi.

Quatre années durant, à dos de mule ou de mulet, à pied sur les sentiers dangereux, Jamil arpenta et courut la brousse, achetant le cacao au cours le plus avantageux. Il apprit l'art des palabres, exerça la comptabilité et la médecine, noua des relations et des amitiés, des liens de parrainage, conduisit des enfants au baptême catholique. Qu'Allah comprenne et pardonne!

Allah comprit et pardonna, demeura vigilant à son côté, attentif aux prières du mollah. Jamil en eut la preuve à l'occasion de l'affaire qui le brouilla une fois pour toutes avec le colonel Anuar Maron. Au bourg de Ferradas, où le patron l'avait chargé d'une commission pour elle, il fit la connaissance de Jove, une petite métisse indienne vive et piquante, et se l'offrit; la chose fit jaser, et la nouvelle parvint aux oreilles du colonel. Anuar Maron avait mis Jove dans ses meubles, l'avait tirée du ruisseau, et la voulait pour son usage exclusif : pas question de laisser quelqu'un d'autre monter une pouliche de son enclos. Il fit ses comptes à Jamil et le congédia. S'il n'envoya pas un de ses fins tireurs guetter l'audacieux au détour d'un chemin pour l'expédier six pieds sous terre, ce fut bien en pensant au mollah, et par respect pour lui.

En cette circonstance, alors que Jamil se voyait dans la panade, sans travail, sans savoir de quel côté se tourner, le colonel Noberto de Faria lui fit une proposition. Plus riche encore que le Turc Maron, il possédait des lieues et des lieues de bonne terre du côté d'Itaguassu, au bout du monde. Il s'était pris d'amitié pour Jamil, dont il avait fait la connaissance dans les bordels d'Itabuna, qu'il fréquentait assidûment, en bon vivant qu'il était. Souhaitant voir grandir et progresser l'agglomération qui se formait aux abords de ses propriétés, le colonel Noberto, entendant Jamil se lamenter, lui demanda s'il n'aimerait pas monter une affaire à Itaguassu, et y commercer à son propre compte, au lieu de travailler pour un patron. Qu'est-ce que Jamil aurait pu désirer de mieux? C'était bien le rêve de sa vie, mais où trouver le capital pour les premières transactions? Noberto de Faria, originaire du Sergipe, quelque peu mulâtre, était un homme d'honneur et d'intuition; il mit la somme nécessaire à la disposition de Jamil, parce qu'il avait confiance en lui, et lui fit grâce des intérêts, parce qu'il l'aimait bien. Il l'appelait d'ailleurs son associé, à la table et au lit, car ils avaient tous deux troussé les mêmes filles, mangé des mêmes plats, et avaient les mêmes goûts : nichons menus, grosses miches, foufounettes resserrées. Quand on s'accorde sur ce qui fait plaisir, les liens d'amitié s'en trouvent renforcés.

Jamil s'installa donc avec la protection d'Allah – Allah est grand et Mahomet est son Prophète, on ne le répétera jamais trop – et avec les picaillons prêtés par le colonel Noberto de Faria. Trois ans plus tard, il avait déjà remboursé sa dette, et agrandissait peu à peu le Comptoir. Celui-ci était encore loin de pouvoir se comparer aux boutiques et magasins des villes d'Ilhéus et Itabuna, des bourgades de Ferradas, Olivença, Agua Preta ou Pirangi. Mais bientôt, nul n'en pouvait douter, Itaguassu cesserait d'être un petit village, et le Comptoir n'aurait rien à envier, pour le stock et la clientèle, au Bon Marché d'Ibrahim Jafet.

Jamil Bichara, assis devant la façade de sa boutique, remercia Allah de l'avoir sauvé quand, tenté par l'appât du gain, la hâte, l'attrait de l'argent facile, il avait failli suivre les conseils du Chitân : abandonner Itaguassu, épouser Adma, sombrer dans la disgrâce.

4

Tout avait commencé quand Ibrahim Jafet s'était rendu compte que les choses allaient vraiment mal. Sombres perspectives pour la marche du commerce : avec son gendre Alféu au comptoir et à la caisse, c'était un vent de faillite qui soufflait. Sinistres prévisions pour le quotidien du foyer : Adma, condamnée au célibat, avait assumé la direction de la maison et de la famille avec dévotion et acrimonie; des nuées d'orage s'amoncelaient, menaçant les habitudes acquises, bien agréables pourtant. De lourdes menaces planaient sur la situation économique et sur le plaisir de l'existence.

Le Bon Marché, mercerie bien achalandée et bien assortie, jouissant de crédit sur la place, avait suffi, de longues années durant, à pourvoir aux nécessités de la famille et aux modestes distractions de son propriétaire : les parties de pêche et de dames ou de trictrac. Autorité incontestée à la tête de la tribu, son épouse Salua avait mené l'affaire avec toute la capacité voulue : le commerce connut des jours de prospérité et permit de mettre de l'argent de côté. Belle femme, bien en chair, aux yeux languides, on eût dit une de ces superbes images de calendrier; dominatrice, impérieuse, exigeante, et en même temps douce, aimable et avenante.

Habile à fixer les prix, experte en marchandage, elle savait manier à son avantage le mètre et les ciseaux, tout en plaisantant et en papotant avec la clientèle, presque exclusivement féminine. Sympathique à tout le monde, respectée, peu prodigue de marques de tendresse, sachant au besoin avoir la main lourde, Salua avait dirigé avec compétence la mercerie, les filles et le mari.

L'intellectuel Raduan Murad, ami de la famille, où il était persona grata, partenaire d'Ibrahim aux dames et au trictrac, l'appelait la Souveraine. Mais sans entendre par là qu'elle fût austère et rigoriste, incapable d'affection pour ses filles ou d'abandon au lit avec un époux idolâtré à qui elle concédait tout. Concédait ou commandait ? Elle se tuait au travail pour lui permettre de jouir d'une matinée de pêche, d'un après-midi de sieste ou de jeu, se contentant de l'avoir à elle pour la nuit : toutes les nuits, à partir de neuf heures, quand s'éteint la lumière du bougeoir et que s'allument les immenses yeux de sultane pour les inlassables noces dans l'obscurité de l'alcôve.

Telles sont les souveraines : autoritaires et exigeantes avec la plèbe, libérales et magnanimes avec leurs favoris, expliquait Raduan Murad à ses admirateurs rassemblés pour l'écouter autour de la table de poker, au bistrot, au cabaret, dans les maisons de femmes, lieux où il prodiguait sagesse et drôlerie. Et de citer l'exemple d'Ibrahim Jafet : favori unique et exclusif, un seigneur !

La brutale disparition de Salua bouleversa les habitudes au foyer et à la mercerie. Désemparé, Ibrahim ajouta à la pêche du matin, au damier de la fin d'après-midi, la fréquentation nocturne des putes, à titre de compensation et de consolation. Quête vaine : ni consolation ni compensation. Une aujourd'hui, demain une autre, les filles ne servaient qu'à le retenir loin de la chambre conjugale, froide et lugubre depuis que l'épouse l'avait quittée. Eût-il même réussi, par un coup de baguette magique, à rassembler les plus expertes luronnes, les spécialistes les plus compétentes, en une folle sarabande de styles et de techniques, qu'il n'eût jamais retrouvé l'incomparable maestria, l'inégalable et universel savoir de Salua. A coup sûr un don du ciel, affirmait Murad, car où donc eût-elle appris, qui donc eût pu l'instruire ? La couche de Salua, non, jamais plus, hélas !

5

Les filles remplacèrent la mère au comptoir, mais elles se souciaient moins de la marchandise et de la clientèle que des galants. Plus de frein, pourquoi se gêner? Du vivant de Salua, elles faisaient des signes aux garçons par les fenêtres de l'étage, amourettes en tout bien tout honneur; une fois orphelines, roucoulades au comptoir, baisers et papouilles au portail du jardin. A l'exception d'Adma, qui n'aimait pas vendre et à qui personne ne venait conter fleurette.

Toutes les économies passèrent dans les trousseaux des plus jeunes. Elles épousèrent des jeunes gens du pays, aucune d'elles n'ayant choisi un Levantin d'origine, ayant du goût et des dispositions pour le commerce. Félicitations sans réserve à la cadette, Jamila, dont le mari, Ranulfo Pereira, avait une position solide, avec des plantations à Mutuns qui produisaient déjà quelque trois cents arrobes de cacao par an. Samira, de deux ans plus jeune, s'était engagée sur une voie modeste, mais digne, en se présentant à l'autel au bras d'un employé du télégraphe, Clovis Esmeraldino, qui, s'il n'avait pas de fortune, avait du moins des lettres : il inventait des charades, déchiffrait rébus et devinettes, rimaillait pour les almanachs; capital d'assez maigre rapport, mais qui vaut prestige et considération. Quant à la benjamine, Farida, on la disait la plus belle des Turques de la mercerie. Un morceau de roi, pour employer l'expression pleine de concupiscence d'Alféu Bandeira, apprenti tailleur sous l'autorité du maître artisan Ataliba Réis, propriétaire du Magasin Anglais, dont les portes s'ouvraient vis-à-vis de l'immeuble des Jafet. Alféu dégusta le morceau de roi qui, à dire le vrai, s'offrait avec une impudeur vigoureusement condamnée par les bonnes familles du voisinage : à force de gouzigouzi et de frotti-frotta, tout ça finirait mal. Cela finit bien : par un mariage précipité. Voiles de tulle enveloppant l'intrépide petit ventre de Farida, grosse de quatre mois, guirlande de fleurs d'oranger, symboles de virginale pureté. Virginité ? A l'aisselle, à la rigueur, prétendit maître Ataliba, choisi comme parrain par le fiancé. A l'aisselle, vraiment ? demanda Raduan

Murad, parrain de la fiancée, sceptique comme il convient à un lettré. Toutefois, tous deux tombèrent d'accord avec dona Abigail Carvalho, couturière responsable de la robe de mariée, quand celle-ci la compara à un chérubin.

Sans cacao ni charades, Alféu se mit au travail au comptoir du Bon Marché. La bonne volonté ne lui faisait pas défaut ; ce qui lui manquait, c'était tout le reste. Au moment du bilan de fin d'année, ce fut la grande panique. Quand Ibrahim ouvrit les yeux, ce fut pour voir les menaces qui pesaient sur les parties de pêche, les enjeux aux dames et au trictrac, les soirées de ribouldingue, et la solvabilité de la mercerie. Le désastre n'était pourtant pas entièrement imputable au seul Alféu car, à la même époque, Adma était partie en guerre.

Guerre sainte, dans laquelle elle s'était engagée du jour où l'âme de Salua lui était apparue en songe, errant en peine dans les espaces infinis, sans pouvoir se fixer à la place qui lui revenait au côté du Père éternel en raison de la dissipation à laquelle se livrait la famille après l'avoir conduite au cimetière. Comment jouir des délices de la béatitude si les êtres chéris sur la terre vivaient dans l'iniquité et le péché ?

Pour sauver l'âme de sa mère, Adma s'était élancée au combat.

Elle s'était fixé des objectifs, durant ses nuits de veille, de solitude et d'affliction. Malheureusement, elle ne pouvait pas faire grand-chose pour ce qui était de la vanité de Jamila qui, désormais, ne se prenait pas pour un pet de lapin et jouait à la grande dame, ou de l'impudence de Samira, qui faisait marcher les bonnes langues en se payant ouvertement la tête de son mari, sans la moindre vergogne. La première vivait à Mutuns, l'autre à côté de la gare du chemin de fer, toutes deux à l'écart de son autorité immédiate. C'était seulement lorsque ces deux impies venaient lui faire une visite, une fois par hasard, qu'Adma pouvait décharger un peu sa bile en disant ce qu'elle avait sur le cœur. Jamila répondait par le mépris; Samira, l'effrontée, lui riait au nez.

Elle pouvait beaucoup, en revanche, avec Farida, Alféu et Ibrahim, qu'elle avait là, sous la main, et qui n'avaient aucun moyen de lui échapper; elle ne leur passait rien. Elle mettait de l'ordre dans la maison, exigeait de la tenue. Elle obligeait Farida, le pauvre chérubin, à oublier un peu la belle vie pour donner un coup de main en participant aux tâches ménagères, qui n'étaient pas peu de chose. Ne serait-ce, pour commencer, qu'en s'occupant du bébé – les biberons, les couches sales, les langes mouillés, les pleurs, le caca et le vomi – au lieu de continuer les indécences avec Alféu, baisers échangés au comptoir, caresses et pelotage devant la clientèle, comme du temps où ils n'étaient pas encore mariés. Ce n'était pourtant pas elle, Adma, qui avait dansé la gigue au portail du jardin : alors pourquoi faudrait-il que ce soit à elle de s'occuper de la pisse et de la merde du moutard ?

Mais sa cible privilégiée, c'était Ibrahim. Le but de son combat, c'était de l'arracher à cette existence déréglée, à cette vie de perdition où il s'enlisait depuis son veuvage, depuis qu'il avait totalement abandonné l'affaire familiale. Si elle le ramenait sur le droit chemin, l'âme de Salua parviendrait enfin au paradis. Mission sacrée, qu'Adma se disposait à mener à bonne fin, quoi qu'il pût en coûter.

De Salua, Adma avait hérité la fermeté de caractère, la sévérité, le don du commandement. Dommage qu'elle n'eût pas hérité aussi les traits du visage et les formes du corps. Sur ce point, elle tenait plutôt de son père : osseuse, efflanquée, sans ces rondeurs du buste et de la croupe, cette grâce de la démarche, ces grands yeux et ces cheveux soyeux de sa mère et de ses sœurs. Le fin duvet au-dessus de la lèvre supérieure qui ajoutait encore au charme de celles-ci, chez Adma prenait l'importance d'une forte moustache. Injustices du ciel, à qui la faute ?

Avec l'âge et la perte des illusions, les qualités morales léguées par Salua se transformèrent en agressivité et en intolérance. Raduan Murad, observateur attentif de la nature humaine, des tenants et des aboutissants, ne lui décernait pas le titre de souveraine; baissant le ton, cet esprit lumineux la qualifiait de virago.

En examinant, au cours des matinées de pêche maintenant en péril, les diverses faces du problème, Ibrahim conclut à l'existence d'une seule et unique (et brillante) solution, susceptible de mettre fin à la double crise, morale et financière, en le délivrant tout à la fois de l'incapacité du gendre et du despotisme de la fille aînée – les trois autres petites étant au contraire, des amours. Il fallait trouver un compatriote d'origine, célibataire et modeste, pour prendre la gérance du Bon Marché et faire d'Adma son épouse. Le sang arabe du prétendant garantirait sa vocation pour le commerce et son ardeur au travail. La condition modeste faciliterait la réalisation de la prouesse du mariage. Autrement, comment lui faire prendre la laideur pour de la beauté, l'acrimonie pour de la réserve ?

Chacun sait, et la littérature le proclame, que la véritable beauté de la femme ne se réduit pas à ses charmes physiques et que ceux-ci ne sont pas ce qui compte le plus. La véritable beauté de la femme réside avant tout dans les vertus qui font l'ornement de son cœur et la parure de son âme. A prendre en considération des vertus indiscutablement exceptionnelles – la condition d'héritière, la participation aux bénéfices de la mercerie, une virginité au-dessus de tout soupçon –, comment ne pas accorder à Adma une certaine beauté ?

Au surplus, sans être avenante comme ses sœurs, elle n'était pas non plus contrefaite ni simple d'esprit. Pureté absolue, indiscutée : jamais elle n'avait eu à résister aux avances d'un galant trop entreprenant, jamais elle n'avait contemplé le clair de lune derrière le portail du jardin. Parée de dentelles et de rubans du Bon Marché, pourquoi ne trouverait-elle pas un candidat capable de la mener à l'autel et de lui faire la bonne manière ?

Prouesse qui n'avait rien de facile, concluait Ibrahim, mais nécessaire, urgente, indispensable : Adma avait atteint l'âge de l'aigreur et de la méchanceté.

6

Ibrahim prit l'avis et le conseil de Raduan Murad, au bistrot, devant le jeu de trictrac, et trouva un accueil enthousiaste pour son idée, une aide concrète pour le succès de son plan :

– Tu peux compter sur moi, mon bon Ibrahim, nous allons aller ensemble à la chasse de cet oiseau rare. Commençons par analyser l'affaire en profondeur.

Un don du ciel que cette histoire cocasse, venue tout à propos pour occuper le temps libre dans cette ville encore toute nouvelle, dépourvue de distractions : en dehors du jeu, du bar, du cabaret, des maisons de passe, rien à y faire. Captivé par le récit de son compagnon, Raduan Murad, les yeux mi-clos, se sentait comme un bienheureux. Il contesta un point seulement : le concept de beauté défini par Ibrahim ; sans nier toutefois qu'il y eût là, en effet, un lieu commun maintes fois repris dans les traités de morale.

– Traités de morale ! Des monuments d'hypocrisie, oui. La vertu est sans doute une excellente chose pour gagner le ciel après la mort. Mais pour le lit, mon bon Ibrahim, ce qui compte, c'est le charnel, c'est la matière proprement dite.

Tout en faisant avancer leurs pions, ils passèrent en revue les compatriotes qui résidaient à Itabuna. Il y en avait un bon nombre, presque tous rudes travailleurs, certains d'un sérieux indéniable. Comme célibataire, un seul, Adib, le dernier de trois frères, orphelin de père et mère, et qui se trouvait justement employé au bistrot comme garçon. Un beau gaillard, jovial et sûr de lui, d'une adresse manifeste pour encaisser et rendre la monnaie : indice fort intéressant. Le hic, c'était son âge : trop jeune pour Adma.

– Elle a déjà passé les trente ans, avoua Ibrahim.

Mais Raduan rejeta l'objection : la différence d'âge ne veut pas dire grand-chose, sinon rien du tout, pour le succès d'une union conjugale. Un garçon encore jeune, qui débute dans l'existence, a besoin d'une épouse plus mûre pour l'orienter. L'homme d'âge qui épouse une jeunesse, d'accord, il y a le danger de se faire cocufier ; mais quand c'est l'inverse, rien à craindre : une femme ne saurait avoir des cornes, pas vrai ? Argumentation irréfutable.

Pour gagner du temps, on commença sans plus tarder les premiers sondages. Adib n'éprouvait-il pas l'envie de se marier, de fonder un foyer, d'avoir femme et enfants ? Surpris par la question, le garçon réfléchit un moment avant de répondre que, ma foi, envie de se marier, pour l'heure, non, pas vraiment. A vingt ans, pas tout à fait, il se trouvait encore bien jeune pour se passer la corde au cou. Surtout en ce moment, que ça marchait pour lui, avec Procopia.

– Procopia ? demanda Raduan avec intérêt. Celle du juge aux affaires civiles ?

Adib fit claquer sa langue avec un bruit obscène de contentement :

– Ouais, celle-là, tout juste.

Rien de bien sensationnel, mais la nouvelle n'était quand même pas sans intérêt. Véritable encyclopédie de la vie urbaine et rurale, Raduan Murad se tenait au courant de tout ce qui se passait à Itabuna et aux alentours, y compris de faits apparemment insignifiants. Source de renseignements incomparable, s'il ignorait quelque détail d'une histoire, il l'inventait, et tombait juste dans la plupart des cas. Quand on le poussait, il prédisait le cours des événements, laissant son auditoire ébahi. En définitive, la vie n'est rien d'autre qu'une partie de poker : il suffit de remplacer les cartes et les jetons par des faits et des personnes. Dans un cas comme dans l'autre, à la table de jeu, à la loterie du destin, Raduan n'était pas opposé à la pratique du bluff, bien au contraire. Il n'était peut-être pas infaillible, mais peu s'en fallait. Il respira un bon coup au souvenir des nénés de Procopia, une tête de moineau.

– Félicitations, mon garçon. Mais attention au juge Gracindo. C'est un seigneur féodal. S'il a des soupçons sur cette entente illicite, il te fait mettre en taule et flanquer une bonne dérouillée pour t'apprendre à respecter une greluche qui n'est pas à toi.

Ibrahim et Raduan considéraient déjà Adib comme hors jeu, quand ils entendirent le surprenant personnage ajouter en riant :

– Je ne dis pas que, s'il se présentait comme ça la fille d'un gros propriétaire plein aux as, je l'enverrais balader...

Les deux compères échangèrent un regard : plantation de cacao ou maison de commerce, la différence n'est pas considérable. Adib resta inscrit sur la liste de candidats possibles, qui d'ailleurs ne comportait encore que son seul nom. Ils relanceraient donc la conversation avec lui si Ibrahim ne découvrait pas à Ilhéus un meilleur parti.

7

Sujet passionnant. Raduan maniait ses pions sans trop prêter attention au jeu quand, au milieu d'un coup, il s'interrompit brusquement pour taper sur l'épaule de son adversaire, et annonça :

– Tu peux me remercier, mon bon Ibrahim! J'ai l'homme qu'il nous faut, l'homme idéal pour faire un associé et un gendre. Son nom m'est venu à l'instant même : il s'appelle Jamil Bichara; tu sais qui c'est?

Ibrahim savait de qui il s'agissait. Il le connaissait de vue et par ouï-dire : un compatriote bâti comme un colosse, avec une voix de stentor. Glorinha Cul d'Or, cette adorable poison, n'avait que son nom à la bouche (bouche bien appétissante) : Jamil par-ci, Jamil par-là... Elle racontait à son sujet de plaisantes histoires, et déplorait l'absence prolongée du gus en question, disparu ces derniers temps des rues d'Itabuna, où il faisait rudement défaut.

– Il ne travaille plus pour Anuar Maron, informa Raduan. Il a monté un commerce dans un de ces petits bleds perdus en pleine brousse. Où exactement, je n'en sais rien; il m'a bien dit le nom, mais j'ai oublié. Si quelqu'un le sait, ça doit être Glorinha. Quand il se pointe par ici, il ne descend pas à l'hôtel : il prend ses quartiers chez elle comme si c'était un planteur de mille arrobes par an avec la fille qu'il entretient.

Raduan ne put en dire beaucoup plus sur la localisation et les projets du Sultan (il lui avait décerné ce titre en raison de son goût pour les femmes). La dernière fois qu'il l'avait vu, il y avait un sacré bout de temps, et c'était justement au cabaret, avec Glorinha, il s'était plaint du travail exténuant et de la nullité des pétasses dans ce patelin où il était allé s'enterrer. Dans de telles conditions, qui n'avaient sans doute pas changé, Jamil serait certainement sensible à la proposition d'Ibrahim. Raduan ne connaissait personne d'aussi travailleur, et si impatient de faire fortune. Comme associé, parfait. Comme gendre, il faudrait voir si Jamil était prêt à relever le défi.

– Parce que, entre nous, mon bon, cette chère Adma... Les vertus, je ne discute pas; pécheur que je suis, je n'entends rien à ces choses-là. Mais pour ce qui est du physique...

– Je sais, mon vieux, je sais. Elle tient de moi, elle n'a pas eu de chance.

Bavardage oiseux, puisque le citoyen n'était pas là pour pouvoir discuter situation commerciale, bilan et traites, ou concepts de beauté, qualités physiques et morales. Il avait disparu, n'était convenu d'aucune date pour revenir à Itabuna. Raduan voulut conseiller à Ibrahim de patienter, mais cette proposition fut rejetée *in limine.* Non, mon bon ami, pas question d'attendre un jour de plus s'il voulait résoudre le problème avant que le chérubin et Alféu n'aient fini de liquider la mercerie, avant que sa fille Adma (sa fille ? plutôt une marâtre, une mégère) n'ait fini par s'imposer complètement, le réduisant à la condition d'esclave et d'eunuque.

Les yeux mouillés, la voix chevrotante, entrecoupée, Ibrahim ouvrit les dernières vannes de la honte, abandonna tout vestige de respect humain, mit au jour les horreurs de la tragédie :

– Raduan, mon frère, je vais tout te dire, le grand malheur qui m'arrive. Par la faute des vertus de ma fille Adma...

– Je m'en doutais... La vertu est triste et despotique.

Brûlant de connaître les détails du feuilleton, Raduan encouragea les confidences :

– Ne sois pas gêné, mon bon Ibrahim, laisse-toi aller, nous sommes entre nous, en famille.

Résolue à l'enchaîner au magasin toute la matinée et, le soir, à le condamner à l'abstinence pour toute la nuit, Adma faisait à son père une vie infernale, et se montrait de jour en jour plus tyrannique et plus brutale : une implacable furie, mon bon. Scandale sur scandale, pour la plus grande jubilation du voisinage. Les matins de pêche, elle lui reprochait sa paresse parce qu'il abandonnait le commerce pour aller flâner le long de la rivière; l'après-midi, son manque de conscience, pendant la sieste dans le hamac entre les arbres du jardin et à l'heure sacrée de l'apéritif et du trictrac. Et, le soir, c'était l'exaspération suprême lorsqu'il sortait, après le dîner, pour aller s'amuser un peu. Hurlant, s'arrachant les cheveux, Adma lançait des clameurs vers les cieux; les gens s'assemblaient dans la rue pour l'entendre. Elle l'attendait au petit jour, les imprécations à la bouche. Et alors là...

– Je sais, mon bon, je sais, j'en ai été témoin une fois, je n'oublierai jamais.

Ibrahim sentait diminuer sa capacité de résistance, s'affaiblir son énergie. Il avait réduit les parties de pêche quotidiennes à deux fois par semaine, abrégé sa sieste, il s'activait à la mercerie : il travaillait comme un nègre, menait une vie d'esclave. Tristesse ! Mais il y avait pis, bien pis encore.

– Je vais tout te raconter, mon frère, aïe aïe aïe ! Ce n'est pas seulement le moral, qui fout le camp... – Il baissa les yeux, chuchota. – La trique aussi...

– La trique, mon pauvre Ibrahim ? Comment ça ?

Sorcellerie ! Ces derniers temps, il était victime d'un épouvantable maléfice. Il lui arrivait maintenant, au beau milieu d'une partie de jambes en l'air, d'entendre, juste au moment psychologique, la voix aigre d'Adma, de voir dans l'obscurité sa figure sinistre : et alors, il débandait aussi sec, d'un coup. Mais ce n'était pas tout : la malédiction durait tout le reste de la nuit. La bonne femme avait beau faire, aucun truc n'arrivait à lui remettre la gaule en l'air.

– Elle me coupe tout, mon vieux Raduan.

– C'est plus grave que je ne pensais, mon pauvre. Pas de doute, on ne peut pas attendre Jamil Bichara, ou qui que ce soit d'autre. Il faut que tu ailles à Ilhéus dès demain, tandis que je reprendrai la discussion avec Adib. Si les choses en sont là, d'ici peu le mariage même ne pourra pas sauver cette chère Adma.

Au moment précis où Ibrahim Jafet faisait confidence de ses malheurs à son compère et conseiller, il se produisait une extraordinaire coïncidence, bien digne d'être notée dans cette relation véridique des fiançailles d'Adma, où coïncidences et sortilèges se bousculent. En cette paisible fin d'après-midi, ayant déposé son sac de voyage dans la chambre de Glorinha Cul d'Or et pris une douche pour se débarrasser de la poussière du chemin, Jamil Bichara se préparait à satisfaire aux nécessités du corps; c'était précisément à cette fin qu'il était venu à Itabuna. Pour réapprovisionner les stocks du Comptoir et pour donner la becquée au petit oiseau, aller danser au cabaret, bavarder avec Raduan Murad, bref, contenter le corps et l'esprit.

Aucun des personnages qui se trouvaient au café, au bordel ou à la mercerie, n'aurait pu deviner que tous ces conciliabules, toutes ces circonstances faisaient partie de l'intrigue ourdie par Chitân, le diable de l'Islam. Sur le damier, le destin de Jamil; en réserve, les âmes des autres figurants.

8

Cependant que Jamil Bichara, dans la chambre de Glorinha Cul d'Or, à l'accueillante pension de Madame Afonsina, donnait la becquée au petit oiseau (menu substantiel et varié); cependant qu'Ibrahim Jafet, pliant sous le poids de la honte, se résignait à dîner chez lui et à affronter l'ire de sa fille Adma, Raduan Murad, assis à une table du bar de Sante, désert à cette heure, méditait sur la situation catastrophique de son vieil ami et compère.

La fortune est inconstante, dit la sagesse populaire; et l'exemple d'Ibrahim est là pour le prouver. Depuis quelques années commerçant prospère, chef de famille respecté, jouissant de confortables loisirs, époux de la plus compétente, de la plus désirable, de la plus honnête des femmes, et du jour au lendemain réduit à la situation qu'on avait sous les yeux. Naguère favori unique et exclusif de la souveraine Salua, véritable pacha, voici qu'il était sur le point de se métamorphoser en esclave, ruiné et impuissant. En l'honneur de Salua, Raduan Murad vida son verre d'arak.

Raduan n'avait pas d'heure fixe pour déjeuner et dîner, sauf s'il était invité; pas d'heure fixe non plus pour aller se coucher. Il faisait tout cela dans les intervalles du papotage, où il excellait; des parties de poker, son activité majeure; des lectures et relectures de livres, des jeux de dames et de trictrac, des ribouldingues avec les putes, innocentes distractions. En revanche, il pouvait boire à n'importe quelle heure. Expert dans l'art de vider un godet, il avait un faible pour les liqueurs à saveur anisée. Buveur de qualité, champion de la tchatche et de la bamboche.

Il s'attardait, seul dans le bistrot en ce début de soirée, prolongeant l'heure de l'apéritif, se préparant à l'aventure multiforme de la nuit. Il n'avait aucun besoin de tricher pour gagner au poker, dans la salle du fond de l'hôtel des Lords : il ne le faisait qu'une fois ou l'autre, histoire d'apprendre les bonnes manières à de vulgaires flambeurs à la mie de pain. La perspicacité suffisait, pour jauger les autres joueurs, la rapidité du jugement pour utiliser les jetons avec talent et autorité. Il déjouait les coups de bluff sans jamais se tromper, bluffait lui-même avec une égale assurance. Au dire des connaisseurs, il pouvait décrire exactement quel était le jeu de l'adversaire, possédait le don de divination.

Coureur de jupons, avec les femmes il faisait parade de galanterie et de fantaisie. Coucher avec Raduan Murad était un privilège que les filles se disputaient au point d'en venir à échanger coups et insultes. Les mauvaises langues murmuraient des noms de femmes mariées et de maîtresses attitrées. Des jeunes filles de bonne famille contemplaient de loin la silhouette élancée, impeccable dans le costume blanc de toile de lin, marque super luxe, les cheveux argentés, les longs doigts qui tenaient le fume-cigarette en ivoire; et elles soupiraient. Célibataire, approchant la cinquantaine, et plus séduisant que n'importe quel jeune homme. Devant son verre vide, il réfléchissait au sort d'Ibrahim : bouffonnerie et mélodrame.

Prudent, le patron du bar, Sante, ramassa la recette de la journée, en ne laissant qu'un peu de menue monnaie, et s'en alla dîner chez lui. Adib lavait des verres, transportait des caisses de bouteilles, rangeait, préparait le bar en vue du mouvement nocturne qui allait bientôt commencer. Moment propice pour reprendre la conversation avec le candidat potentiel à la main d'Adma, à la boutique de mercerie.

Raduan Murad se sentait l'obligation de venir en aide au malheureux Ibrahim dans sa lutte pour surmonter la disgrâce, vaincre l'infortune, reconquérir le droit à l'ombre et à l'eau fraîche. Par égard pour une vieille amitié, des liens très forts, le souvenir de Salua, l'inaccessible Salua, mais surtout pour se distraire à un jeu de plus, aussi excitant que le poker : ce fameux jeu du destin, où les cartes sont des êtres humains et où l'on parie, en bluffant, la vie elle-même.

Il plissa les yeux. La nuit descendait lentement, venant de l'autre côté de la rivière, encore inhabité. Sorcellerie et menaces funestes aux abords de la mercerie. Pour affronter la crise, les armes de Raduan Murad étaient la sagesse et la ruse. D'une voix forte, il commanda à Adib un autre arak, mit en train l'enquête et la négociation.

9

On n'a jamais su la teneur exacte de la conversation qui s'engagea en cette soirée itabunaise entre Raduan Murad et le jeune Adib Barud. Ils dialoguèrent sans témoin, et ne firent confidence à personne des thèmes abordés. Ce qui n'empêcha pas certaines personnes de rapporter mot pour mot le long entretien, sans oublier de mentionner les intonations, les éclats de rire, la densité des silences. D'aucuns ont affirmé que le conciliabule, commencé en arabe, s'était ensuite achevé en portugais; d'autres ont assuré précisément l'inverse : en portugais au début, le dialogue avait continué en arabe – langue qu'Adib, né brésilien du sud de Bahia, parlait d'ailleurs consciencieusement mal.

A en croire la version la plus courante – ce qui ne signifie pas pour autant authentique et fidèle – Raduan aurait demandé au garçon, qui lui servait son anis :

– Et toi, tu ne vas pas dîner ?

Adib avait répondu que oui, bien sûr, il dînait, et comme il faut. Son plat lui était préparé par dona Lina, l'épouse de Sante, et ce dernier le lui apportait en revenant. Il avait ajouté un commentaire sympathique sur le physique de la patronne :

– Dona Lina, c'est un sacré beau morceau, vous trouvez pas, professeur ? Elle a de ces cuisses...

Raduan Murad n'était pas maître d'école, ne donnait pas non plus de leçons particulières, mais beaucoup de gens l'appelaient « professeur », et il acceptait le titre sans plus de vanité que d'étonnement. Il se montra intéressé à savoir où et comment Adib avait pu juger des cuisses de Lina. C'était tout à fait par hasard : envoyé faire une commission chez Sante, il avait trouvé la dame en question à croupetons, en train de laver du linge dans une bassine, la jupe retroussée sur ses cuisses nues ; il avait donc risqué un œil. Et comme il n'était pas seulement déluré, mais volontiers indiscret :

– Y en a par là qui racontent...

Raduan savait fort bien ce qu'on racontait par là et coupa la parole au bavard :

– Entendre est toujours profitable, mon garçon, mais répéter ce qu'on entend ne l'est pas forcément. Oublie donc ce que tu as pu entendre si tu ne veux pas perdre ton emploi.

Perdre son emploi ! Dieu garde ! Au café, poste privilégié, Adib vivait en contact avec les gens riches et influents, les gros bonnets de la ville, était constamment au courant de ce qui se passait et de ce qui s'inventait, rigolait sans s'en faire avec les filles qui tournaient dans le coin pour draguer les ploucs... Mettre en péril pareille situation, faudrait être cinglé !

Auparavant, il avait marné trois ans à La Mode, une boutique appartenant à son frère Aziz. Si ça lui plaisait ? Tant qu'à être employé, il aimait mieux le bistrot, pour les raisons indiquées. Au comptoir de La Mode, il avait commencé par travailler sans être payé, pour apprendre le métier ; la dernière année seulement il avait eu droit à un salaire, de la broutille. Ce n'était pas une bête de somme, alors il s'était cassé.

Et comme associé ? Comme associé, ou simplement intéressé aux bénéfices, alors là, professeur, ça serait autre chose. Mais Adib aurait beau se tuer au boulot et plaire à la clientèle,

Aziz ne voudrait jamais l'intéresser à l'affaire. La Mode de Barud Frères, faut pas rêver! Son idéal, c'était d'arriver à avoir une petite plantation de cacao, comme l'avait fait Saad, son autre frère, le gendre du colonel João Cunha : le beau-père lui avait donné un coup de main, et Saad était maintenant bien parti.

– Vous vous en foutez, vous, professeur, pas vrai? A vous la petite vie peinarde... Mais c'est pas n'importe qui qui peut se la couler douce comme ça, à faire le rupin sans boulonner. Pour ça, faut drôlement en avoir là-dedans, sûr.

Imprévisible, ce grand couillon! Raduan Murad sourit d'un air bonhomme en l'entendant énoncer cette réflexion singulière : combien de gens y avait-il qui pensaient la même chose sans oser le dire? Il déplora qu'Adib ne s'intéressât qu'aux filles de planteurs et dédaignât les filles de commerçants. Dommage.

– Qui vous a dit ça, professeur? Montrez-m'en une qui dise pas non, moi j'y cours, et tout de suite. La vente au comptoir, ça me plaît bien, demandez à Aziz. Il veut rien moins que je retourne là-bas, mais moi j'aime mieux bosser pour m'sieu Sante. Ici, on s'instruit.

– Même si la jeune fille n'était pas une de ces beautés, tu vois ce que je veux dire, même si elle était un peu tarte...

– Une femme qui a du fric, elle peut jamais être si moche.

– Entièrement d'accord, mon gars. Je vois que tu as reçu une bonne éducation.

La bonne éducation, on la trouvait au sein de la famille et à l'école de la rue. Encore adolescents, les garçons adoptaient et mettaient en pratique les articles des codes en vigueur dans la région, lois non écrites mais incontestées. Le moment venu de prendre femme, on doit choisir une jeune fille vierge et vertueuse, travailleuse et honnête, car c'est à elle qu'incombe de mettre au monde et d'élever les enfants, de s'occuper du foyer, de vivre dans la modestie et la réserve, dans la soumission. Jeunesse et beauté sont des qualités secondaires, surtout si la principale dot de la fiancée se mesure en arpents de terre ou en portes de maison de commerce – et le Bon Marché avait trois portes en façade. Joliesse, charme, fraîcheur, sont des qualités primordiales pour une maîtresse, une liaison, une compagne d'une nuit, un coup vite fait. En pareil cas, oui, il faut recommander une petite mignonne bien roulée, une chatoune toute neuve, bien douillette. Sages et sains principes, assises de la famille et de la société.

– Et si la nénette avait quelques années de plus que toi ?

– Qu'est-ce que ça peut faire, professeur ? J'ai jamais entendu dire que l'âge serait un défaut. La seule chose qui pourrait pas aller, c'est si elle avait plus son pucelage : boucher un trou fait par un autre mec, ça non, très peu pour moi. Faut qu'elle ait son berlingue.

Raduan Murad s'attarda un instant à contempler le grand gaillard qui souriait et se frottait les mains, émoustillé par le tour que prenait l'entretien.

– Si vous en connaissez une, professeur, vous me donnez juste l'adresse, le reste je m'en charge.

Et pourquoi pas ? Adma, ce n'était pas du gâteau, aucun doute. Pour en venir à bout, il fallait de la détermination, du courage, un estomac de chameau. Grand, sec, musclé, tout poilu, Adib faisait penser à un dromadaire. Sa jeunesse et son ambition le rendaient capable de mâcher de la paille et d'y trouver bon goût, d'affronter une vieille fille sur le retour, aigrie, et de la dépuceler en y prenant plaisir, de la transporter au septième ciel, de la mettre en paix avec les plaisirs de l'existence. Ramonée comme il faut, Adma cesserait d'enquiquiner le monde.

Indécentes conjectures, que Raduan garda pour lui. Il déploya poésie et philosophie avant de produire le nom de la demoiselle en mal d'époux. Certaines virginités sont comme le vin, déclara-t-il en arabe : elles se décantent avec le temps et petit à petit vont s'affinant et s'épurant pour se transformer finalement en liqueur, eau-de-vie ou cognac. La nature change, la qualité demeure. Au comble de la curiosité et de l'intérêt, Adib affirma qu'il préférait le cognac au vin.

– J'en connais une, mon garçon, qui est un puits de vertus, pure comme la Vierge Marie.

– Qui ça, professeur ? Allez, dites, une bonne fois.

– Tu connais Ibrahim Jafet... Il était là tout à l'heure encore, avec moi...

– Parfaitement.

– Et ses filles, tu les connais aussi ?

– Aussi, oui. Toutes plus jolies l'une que l'autre...

– Sauf une.

– Une minute, professeur. Faut suivre... Vous voulez parler de la planche à repasser, c'est bien ça ?

– Celui qui l'épousera aura des parts dans la mercerie...

Ce que Raduan Murad et le jeune Adib Barud discutèrent et combinèrent en cette fameuse soirée itabunaise, nul ne le sait. On en raconte et débite de toutes les façons : jacasserie et blablabla, rien d'autre. Sante, par exemple, affirme avoir entendu, en revenant de dîner, la phrase finale d'Adib qui, répétée à Dieu et au monde, se transforma en une sorte d'aphorisme. Mais comment avait-il pu la comprendre, alors que lui-même, Sante, avait commencé par dire que les interlocuteurs dialoguaient en turc ? Originaire du Sergipe, vrai « crâne plat » du Nordeste, le patron du bistrot ne saisissait pas un traître mot d'arabe, langue qui n'était pour lui qu'une espèce de baragouin, un obscur charabia.

Quoi qu'il en soit, voici, donnée pour véridique, la sentence attribuée à Adib Barud, qui aurait servi de conclusion aux pourparlers :

– Vous en faites pas, professeur. Une bonne

femme, ça se dresse avec la carotte ou avec le bâton. Ou alors, en alternant les deux.

De lui ou d'un autre, quel qu'il fût, la formule reçut l'approbation de tous, et de vifs applaudissements. Surprenant Adib Barud, dernier fils de Moamud et d'Azira, tous deux décédés. Orphelin, il s'était instruit par ses propres moyens, au petit bonheur : éducation soignée, irréprochable.

10

Il s'avéra immédiatement que Jamil Bichara et Ibrahim Jafet étaient deux âmes jumelles, faites pour s'entendre et s'apprécier. La rencontre eut lieu au cabaret; Glorinha Cul d'Or fit les présentations. Et ne tarda pas à s'en repentir : les deux Turcs, au lieu de s'occuper d'elle, se mirent à discuter entre eux, la réduisant au rôle ridicule de sourde et muette, comme s'il se fût agi d'une rien du tout. Blessée dans son amour-propre, elle s'en alla danser avec Chico Lopes, un commis-voyageur qui jouait les tombeurs de grognasses; il tournait autour de Glorinha depuis un certain temps, sans succès jusque-là. *Gratis pro Deo*, ce n'était pas le style de la poulette, à de rares exceptions près, quand il lui arrivait d'avoir vraiment le béguin et de perdre la boule. Ce n'était pas une question de cupidité, mais de nécessité : à Laranjeiras, d'où elle était partie pour venir exercer à Itabuna, elle avait laissé quatre sœurs pucelles et bigotes, une mère paralytique et un père qui cultivait la terre pour un patron et se consolait dans le tafia. Tous, et par-dessus le marché deux tantes à l'esprit dérangé (mes pauvres chéris, gémissait-elle quand elle avait le cafard en pensant à cette nombreuse famille), tous dépendaient d'elle, des petites sommes durement gagnées qu'elle envoyait chaque mois par l'intermédiaire de M. Aureliano Neves, propriétaire de la Maison Sergipane, meubles de premier choix, son paroissien tous les samedis.

Petite dernière de la famille, pulpeuse métisse qui n'avait pas froid aux yeux, elle avait donné sa fleur, pour le plaisir, au fils du juge de l'endroit, un salopard qui, l'affaire faite, l'abandonna aussi sec à la fureur du père, poivrot et rigoriste, sans même dire au revoir : et dire qu'il avait promis de l'installer, d'en faire sa maîtresse en titre ! De toute façon, elle lui était reconnaissante : en la déniaisant, il lui avait fait gagner le gros lot. Gloria do Divino s'en vint turbiner dans la zone du cacao, sous le nom de Glorinha Cul d'Or : une môme qui avait une belle clientèle. Les protestations d'amour alambiquées du commis-voyageur lui entraient par une oreille et sortaient par l'autre, en dépit de la fine moustache et des cheveux luisants de gomina séparés par une raie au milieu, la coiffure, conforme aux canons de la mode, dite « à la greffière ». Le gandin était bon danseur, et Glorinha n'avait rien à lui envier : elle adorait la valse, la polka, la mazurka, excellait à la matchiche.

Jamil s'intéressa d'emblée à l'affaire quand, tout excité par l'apparition inespérée du candidat idéal, Ibrahim alla droit au but : le jour même, dans l'après-midi, ce brave Jamil avait été au centre des conversations et des spéculations, car un ami commun, Raduan Murad, avait avancé son nom, et ils avaient regretté son absence. Avancé son nom? Et pour quoi? Pour résoudre un problème qui intéressait Ibrahim, mais qui pourrait éventuellement intéresser aussi Jamil. Il aimerait lui en faire part, si Jamil voulait bien l'écouter et lui fixer un rendez-vous. Ici et maintenant, répondit l'autre : il n'avait pas de temps libre le lendemain, journée qui serait entièrement consacrée au renouvellement des stocks et à l'expédition des marchandises. Le mélange de cognac et de vermouth avait délié la langue du malheureux père d'Adma. Par prudence naturelle, Jamil, tout ouïe, ne laissa paraître d'enthousiasme à aucun moment de la manœuvre.

Avant même d'entrer dans le détail de tout l'embrouillamini, il se déclara pleinement satisfait de l'endroit où il vivait et exerçait son commerce; il n'avait aucune intention d'en partir. Il n'avait pas encore fait fortune, sans doute, mais si le village continuait à grandir, la petite boutique pour les gens de passage deviendrait au fil du temps un important établissement de commerce, aussi sûr que deux et deux font quatre. Vous connaissez le colonel Noberto de Faria? Vous n'avez qu'à lui demander, il pourra vous le dire. Pour l'amener à laisser tomber ce qui lui avait coûté privations, efforts et sacrifices, avec la perspective d'un avenir de prospérité, il faudrait une proposition vraiment très intéressante.

Au début du marchandage, Ibrahim offrit le poste de gérant, avec salaire et petite participation aux bénéfices, et arrosa le tout d'un vermouth. Jamil lui rit au nez, ce bon gros rire de gouaille avec lequel il avait imposé ses prix aux petits cultivateurs, ouvriers agricoles et jagunços, dans les patelins du cacao perdus au fin fond du monde. A ce point de la discussion, Glorinha Cul d'Or revint et, pour les faire enrager, se mit à chanter les louanges de Chico Lopes, parfait danseur et homme du monde, et qui savait parler aux femmes, lui ! Tout le contraire des deux Turcs, de vrais rustres, sans éducation, qui la laissaient toute seule au salon. Qu'est-ce que Jamil était donc venu foutre au cabaret ? S'amuser, l'esprit loin des emmerdes, ou passer toute la nuit à ce blabla qui n'en finissait pas avec Ibrahim ? Et quant à Ibrahim, cet autre guignol, au lieu de lui mobiliser son homme, il ferait mieux de se choisir une femme pour la nuit avant de se retrouver le bec dans l'eau quand les colonels auraient mis la main sur toutes celles qui étaient là. Elle avait raison : Jamil lui offrit son bras et la conduisit sur la piste de danse. Ibrahim profita de la pause et du conseil : voyant Paula la Louchonne toute seule près de l'orchestre, il l'invita pour une polka. Mais l'un comme l'autre, Jamil et Ibrahim, dansaient sans conviction, l'esprit ailleurs, absorbé par la conversation qu'ils venaient d'avoir.

De retour à leur table, Ibrahim émit l'hypothèse d'une association au cas où Adma serait comprise dans la transaction; de cette façon, les autres filles et leurs époux respectifs ne pourraient pas réclamer. Les autres filles ? Quelles filles ? Et ces gendres qui apparaissaient là, ils faisaient quoi, au juste ? Pendant que Glorinha se laissait inviter à danser par des propriétaires de fazendas et des commis-voyageurs, mais déclinait toute offre de quitter la boîte et de laisser tomber son Turc (le colonel Raimundo Barreto menaça de l'emmener de force mais, avec beaucoup de doigté, elle le persuada de s'adresser à une autre), les deux compatriotes, à coups de tournées successives de vermouth et cognac mélangés, avançaient de détail en détail en s'efforçant de débrouiller l'écheveau. Tout beurré qu'il était, Ibrahim sut se retenir et ne vomit pas les ultimes confidences. En toute honnêteté, il reconnut sans ambages que sa fille Adma ne figurait pas dans la galerie des beautés locales ; sur son caractère, il ne dit pas un mot. Il y a temps pour tout, même quand les choses pressent.

– Si j'ai bien compris, cher ami, vous voulez prendre votre retraite, vous n'avez que trop travaillé, vous vous sentez fatigué, c'est ça ? Il vous faut quelqu'un de capable, et de confiance, pour vous remplacer à la mercerie, du fait que le gendre ne fait pas ce qu'il faut. D'un autre côté, vous avez une fille célibataire, et vous voudriez la caser. En nouant les deux bouts, celui qui épouserait la demoiselle deviendrait votre associé dans le commerce...

Bien après minuit, ils quittèrent le cabaret. Ibrahim, qui n'encaissait pas tellement bien l'alcool, titubait au milieu de la rue. Paula n'avait pas tenu sa promesse de l'attendre, elle était partie avec un planteur hargneux, un certain Claudio Portugal, qui était fou des filles strabiques.

– Engagement, mon cul ! Ou tu viens avec moi, ou alors ça va faire du schproum, et je liquide cette bande de péquenots.

Il avait menacé de sortir son feu.

Le patron du Bon Marché se rabattit sur Haydée, qui parlait du nez mais compensait ce petit défaut par des connaissances éclectiques : en ville, à Bahia, elle avait exercé dans des maisons de Françaises et de Polonaises, elle savait faire des tas de choses, dans le genre raffiné.

Dans la chambre de Glorinha Cul d'Or, le chandelier éclairait le miroir accroché au mur et l'image de saint Georges ; les draps et les oreillers sentaient le patchouli. En attendant l'espiègle mignonne qui faisait un peu de toilette avant de reprendre le jeu du petit oiseau et de la cage, Jamil passa en revue les informations recueillies. Avant toute chose, il fallait tirer au clair la situation réelle de la mercerie, la question confuse de la constitution de société, se renseigner sur filles et gendres et, pour finir, faire connaissance du fameux boudin. Il était fou de jolies filles mais, dans la cambrousse où il commerçait, dans le bled perdu où il s'était installé, il avait habitué popaul à prendre ce qui se trouvait, le bon et le moins bon, premier choix et tout-venant, sans rechigner ni faire la fine bouche. Dans ces inhospitalières plantations de cacao, il avait goûté aux mules, juments et ânesses, et ne s'en était pas si mal trouvé.

11

Le lendemain, Jamil Bichara se trouva fort occupé avec les fournisseurs, les marchandises, les factures, mais trouva quand même le temps d'aller jeter un coup d'œil à la mercerie. L'inventaire succinct effectué avec l'aide d'Ibrahim lui laissa une impression favorable, qu'il garda pour lui : il n'allait pas donner des atouts à l'adversaire. Il fit remarquer les côtés négatifs : retards de paiements, baisse du chiffre d'affaires, négligence, incompétence.

Le fougueux Alféu et l'aimable chérubin se croyaient en éternelle lune de miel, attitude romantique et ruineuse : la nuit ne leur suffisant pas pour le zizi-panpan, ils prolongeaient leurs ébats une partie de la matinée. Avec cela, les pleurs du bébé, les couches à changer, les biberons..., impossible de s'en tenir à des horaires fixes. Ils ouvraient et fermaient le magasin quand ça leur chantait. A moitié endormis, ils continuaient à roucouler derrière le comptoir sans accorder l'attention voulue aux couturières et aux maîtresses de maison qui, en échange de petits achats, un dé à coudre, une douzaine de boutons, des épingles à cheveux, une aune de ruban, exigeaient causette et égards.

La clientèle de Salua, nombreuse et fidèle, avait diminué peu à peu, au profit de commerçants moins amoureux et plus empressés. Le propriétaire, de son côté, ne prêtait pas non plus l'attention nécessaire à la bonne marche des affaires : la veille, au cabaret, Ibrahim avait avoué que, du vivant de son épouse, il s'était détaché de ces obligations et responsabilités. Salua s'occupait de tout, et à la perfection. Il avait les yeux mouillés en évoquant sa mémoire. Larmes faciles d'un vieux roublard, ou larmes sincères et vraies d'un bon vivant et joyeux fumiste ?

En dépit d'une décadence évidente, le Bon Marché, magasin spacieux, installé dans une rue du centre, situation privilégiée, apparut à Jamil comme une excellente affaire. Les difficultés récentes avaient à peine ébranlé la bonne réputation dont la maison jouissait sur la place depuis de longues années. Convenablement reprise en main, la mercerie pourrait revenir rapidement à l'âge d'or et présentait toutes les conditions souhaitables pour se transformer, au prix d'un certain effort, en grand bazar où l'on vendrait un peu de tout : tissus pour hommes et femmes, chaussures et chapeaux, chemises, bretelles, cordons, chaussettes et cravates. Il fallait pour cela de l'autorité, la bosse du commerce, de l'ardeur au travail – toutes qualités qui caractérisaient Jamil Bichara, la chose était clairement établie. La difficulté résidait dans le nombre de filles et de gendres : beaucoup de monde. S'il se décidait à entrer dans la famille et dans la société commerciale, il aurait besoin d'étudier de très près les clauses du contrat.

Ils étaient en train d'examiner comptes et reçus quand, venant de l'intérieur de la maison, arriva dans la boutique une sémillante jeune personne, qui baisa la main d'Ibrahim – votre bénédiction, père – et sourit à Jamil, tandis que ses yeux curieux et malicieux l'examinaient de la tête aux pieds comme pour juger de ses qualités de mâle. Était-ce là la fameuse mocheté ? Sûrement pas : celle-ci n'avait rien de moche, bien au contraire.

– Ma fille Samira..., indiqua Ibrahim. Celle qui est mariée à l'employé du télégraphe.

– Jamil Bichara, pour vous servir.

– Jamil Bichara? C'est un nom qui me dit quelque chose.

– C'est un ami de notre bon Raduan.

– Tonton Raduan? Ah! j'y suis...

Elle pointa le doigt sur Jamil et, d'un ton mutin :

– Le sultan du cabaret, pas vrai?

Jamil rit, un peu gêné :

– Enfin, c'est lui qui m'appelle comme ça, pour blaguer.

La jeune effrontée continuait à l'observer et soudain elle éclata de rire, un rire cristallin et railleur, sans révéler ce qui l'avait provoqué. Tonton Raduan savait parler à tous et à chacun de façon à intéresser et à plaire, mais, pour Samira et quelques autres privilégiées, il réservait les comptes rendus pimentés de la vie de bohème locale, en leur faisant découvrir milieux et épisodes interdits à des dames. C'était le diable en personne : avec cette voix de velours qu'il avait, et de l'air le plus innocent du monde, il en sortait des vertes et des pas mûres! Pour expliquer le succès de l'ami Jamil auprès des filles, il avait fait allusion à certaine particularité du personnage, qui était monté comme un bourrin : un vrai manche de pioche. A en juger par la carrure, ce devait être vrai. Samira ferma les yeux pour mieux voir.

Quant au « tonton » Raduan, il ne s'agissait pas de parenté réelle, de liens de sang, de sorte que rien n'empêchait les petites causettes pour passer le temps et se distraire, les phrases à double sens, les insinuations, les hardiesses, le flirt sans conséquence. Flirter et aguicher, tels étaient les plaisirs de Samira, vouée par son mariage aux candides devinettes d'almanach. Échanger des regards, des sourires, des mots ambigus, sentir un frôlement subreptice du pied, de la main, des lèvres, par hasard ou intentionnellement, que peut-il y avoir de meilleur ? Certaines personnes la disaient dévergondée, et ornaient de cornes le front d'Esmeraldino, le faiseur de charades ; d'autres assuraient que Samira n'allait pas au-delà de ces libertés : elle provoquait, coquette, mais à l'heure H, elle s'esquivait, la tricheuse, petite diablesse !

En se baissant pour ramasser une bobine de fil devant Jamil Bichara, elle lui permit de jeter un coup d'œil sur la courbe de sa gorge bien ronde : exprès ou sans le vouloir, qui pourrait le dire ? Avant de s'en aller, elle passa le bout de sa langue sur ses lèvres, comme si elle les avait sèches; sèches, enfiévrées, selon l'interprétation qu'on voudra donner. Une belle-sœur n'est pas une parente, se dit Jamil. En refaisant les comptes, il mit Samira dans la colonne « crédit » de la mercerie.

12

N'eût été la présence d'Adma, le dîner aurait été parfait. Cuisine arabe particulièrement savoureuse, préparée par Samira aidée de Farida, le chérubin, qui, par-dessus le marché, avait cueilli des fleurs pour décorer la table, comme si elles n'y suffisaient pas à elles deux, ravissantes, habillées et coiffées à la dernière mode. On regretta l'absence de Jamila, enterrée dans la cambrousse en compagnie de son mari. A propos de mari, celui de Samira, le télégraphiste, était venu aussi et se montra brillant, brave type chaleureux, grand appréciateur de *kebbé* et de *sfiha.* Pour agrémenter encore la soirée, il y eut aussi la présence de Raduan Murad, plein de science et de drôlerie, et le genou droit de Samira, assise à la gauche de Jamil; elle ne pouvait vraiment pas rester tranquille.

Malheureusement, il y avait Adma, personnage fatal, convive indispensable. Pour que Jamil pût la voir et causer avec elle, Ibrahim l'avait invité à dîner chez lui, en famille. Prudent, il n'avait rien dit à ses filles des projets en cours : avant que l'invité n'eût fait la connaissance de la prétendue, c'eût été bien téméraire.

A peine l'eut-il vue que Jamil se rendit compte de l'énormité du défi. Il ne suffirait pas de la couvrir de rubans et de dentelles, de toutes les breloques et pendeloques de la mercerie, maigre compensation à l'absence totale d'avantages physiques. Il aurait encore fallu qu'Adma fût une véritable sainte pour qu'un zigue en pleine possession de ses facultés se décidât à en faire sa femme. Dieu lui avait-il fait la grâce d'une telle sainteté ? Au cours de la soirée, Jamil put constater le manque d'intérêt du Seigneur : pas plus de grâce que de beurre en branche.

Il avait reçu un rude choc en la voyant pour la première fois au moment des présentations. Parce que c'était lui, c'est-à-dire un homme qui savait ce que c'étaient que les traquenards, les aléas de l'existence, il put ne pas renoncer à l'instant même à l'idée de faire du Bon Marché le bazar le mieux assorti et le mieux achalandé d'Itabuna. Il s'était imaginé qu'il tomberait sur une vieille fille plutôt mal fichue, mais dont le visage ingrat eût pu refléter une bonté naturelle qui l'aurait rendu presque charmant. Laide mais sympathique, maîtresse de maison accomplie, d'un abord aimable, d'un commerce plaisant, enfin une célibataire avenante, dont lc seul défaut eût été de n'être pas jolie. C'est ce qu'il avait pensé. En fait, il se trouvait en présence d'un dragon, un dragon ou une harpie.

Placée vis-à-vis de Jamil, Adma avait fait le gendarme du début à la fin du repas, réprouvant du regard, du geste, de la parole, tout ce qui pouvait signifier joie, plaisir, satisfaction. Elle condamna d'un air pincé une amusante devinette toute nouvelle proposée par Esmeraldino à la sagacité des convives :

– Écoutez, c'est facile, très facile ! Voici : quatre demoiselles toujours ensemble dans le pré, même s'il pleut jamais mouillées, qui donnent à boire si on sait s'y prendre... Eh bien ?

Il regarda tout autour de lui d'un air triomphant, et donna lui-même la solution : les tétines de la vache, ha ha ha !

Bravo, elle est bien bonne, très bien ! Le chérubin applaudit avec enthousiasme le génie inventif du beau-frère. Indécence ! tonna Adma. Indécents, les baisers échangés entre deux bouchées par Alféu et Farida, intolérables les rots de satisfaction d'Ibrahim, la panse bien remplie. Elle n'osait pas interrompre Raduan Murad, mais se renfrognait en l'entendant déclamer en arabe des vers sur le vin et les femmes : des cochonneries ! Étrangère à la bruyante animation qui régnait, restant en marge de l'allégresse générale, intransigeante et misérable. A un moment donné, pour servir le café comme il faut, Samira se pencha devant Jamil, et celui-ci ne put faire autrement que de plonger les yeux dans le décolleté de sa robe. Il n'en fallut pas plus à Adma pour embrasser d'un regard mortel à la fois sa sœur, l'odieux invité et l'inattentif faiseur de charades. Jamil, lui, avait frémi.

Ce regard mauvais, de blâme et de dégoût, ne

cessa de le poursuivre même à l'extérieur quand, le dîner achevé, Ibrahim s'arma de courage et convia les messieurs présents :

– Si nous allions faire un petit tour sur la place ? Pour la digestion...

A l'exception d'Alféu, toujours en pleine lune de miel, comme on le sait, et d'Esmeraldino, qui esquissa un mouvement et renonça (« Qui me ramènera à la maison ? » demanda Samira en s'adressant à son mari, mais sans quitter Jamil de ses yeux malicieux), les autres prirent leurs chapeaux et s'en allèrent aux putes. Raduan Murad se demandait s'il pouvait encore y avoir une planche de salut pour la pauvre Adma. Peut-être était-il déjà trop tard. Ni le jeune Adib avec son adolescence de dromadaire, ni le colosse Jamil avec son instrument grandiose ne pourraient l'arracher à la déraison et aux flammes de l'enfer, la faire échapper à la malédiction d'une virginité faisandée, lui apprendre entre deux draps à aimer la vie.

13

Ibrahim sombra complètement au beau milieu d'une phrase : il avait essayé de se lever de sa chaise et avait glissé sous la table, d'où ses amis le tirèrent avec l'aide des garçons. Le groupe se sépara, et Jamil décida de le ramener jusqu'à sa porte; il n'y arriverait jamais tout seul, il ne tenait pas sur ses jambes.

Pathétique et larmoyant, Ibrahim avait passé la plus grande partie de la nuit à rappeler le souvenir de sa chère disparue. Tant d'amour émouvait les filles qui se pressaient autour de la table pour l'écouter. Quelques-unes avaient connu Salua au comptoir de la mercerie où elles allaient faire leurs achats, fanfreluches, peignes fins, bagues de fantaisie. Dame mariée, riche et respectable (et si belle !), Salua ne marquait pas de différence entre ses clientes, les traitait toutes avec la même courtoisie, dignes mères de famille ou malheureuses prostituées.

Prenant part aux sentiments qu'éprouvait Ibrahim, elles rappelaient que, du vivant de sa femme, il s'était conduit en mari exemplaire – exemple déplorable pour la communauté, estimaient au contraire la plupart des chefs de famille. Jamais il n'avait fréquenté la boîte de nuit, jamais passé toute la nuit au bordel et, s'il s'était mis à le faire par la suite, c'était uniquement pour oublier, mais il n'oubliait pas. A l'occasion d'une soirée de fête à la maison, soirées si fréquentes lorsqu'elle était là, si rares depuis sa mort, le poids de l'absence devenait insupportable. Paula la Louchonne, sentimentale lectrice des romans-feuilletons hebdomadaires du jeudi, fondait en larmes; d'amour semblable à celui qui avait uni Salua et Ibrahim, seul celui de Paul et Virginie... et encore!

Jamil s'était rendu compte que le veuf n'avait rien de vraiment très futé et qu'il était plutôt, tout simplement, un brave bougre. Il écoutait ses jérémiades avec une sympathie muette, tout en se disposant à le ramener chez lui. Raduan Murad s'était retiré depuis longtemps, poker oblige, mais Jamil put compter sur l'assistance de Glorinha Cul d'Or et de Paula la Louchonne; à eux trois, ils conduisirent Ibrahim et sa croix, cahin-caha, jusqu'aux abords immédiats de la mercerie. Au bruit des pas, un volet s'ouvrit à l'étage supérieur de la maison : une tempête d'invectives rompit le silence de la nuit. Penchée à sa fenêtre, Adma, bouche de l'enfer, déversait injures, reproches, récriminations et menaces sur son père, le Cyrénéen et les deux Marie-Madeleine. Quelque chose qui valait la peine d'être vu et entendu : une fois, une seule, Raduan Murad avait été témoin du spectacle et avait employé pour le décrire des mots peu usités : catilinaire, vésanie, atrabile.

Les deux filles reculèrent, Ibrahim se mit à sangloter sur l'épaule de Jamil. Adma continuait, implacable furie, réveillant le voisinage. Ibrahim fit un effort, retrouva son équilibre, se dirigea vers la porte du calvaire. Avant de franchir le seuil, il leva les bras en l'air et les agita comme quelqu'un qui est sur le point de se noyer. Adma ne s'émut pas pour autant, ni ne s'interrompit : désignant Jamil du doigt, elle fulmina sur sa tête les dernières imprécations.

Allongeant le pas, le Turc rejoignit ses compagnes d'aventure, qui s'enfuyaient par la rue. Paula la Louchonne, vexée, fit cette réflexion :

– Foutue garce de fille! Ibrahim est une vraie chiffe. S'il lui flanquait une bonne raclée, à cette emmerdeuse, elle la bouclerait vite fait.

Avec sa gentillesse habituelle, Glorinha proposa une meilleure solution :

– Ce qu'elle a besoin, la pauvre chatte, c'est d'une belle bistouquette.

Jamil, pensif, donna raison à l'une et à l'autre. Malade gravement atteinte, dans un état désespérant, Adma avait besoin de toute urgence des deux remèdes, et à forte dose. En quoi il rejoignait, sans le savoir, le jeune Adib : les bonnes femmes, on les dresse avec la carotte et le bâton.

14

Pendant deux mois, une éternité, le Turc Jamil Bichara vécut le problème à fond, l'examinant dans ses moindres détails, l'analysant sous les angles les plus divers. A la gare, au moment de monter dans le train de Mutuns, il avait dit à Ibrahim :

– Il me faut un peu de temps pour réfléchir avant de prendre une décision. Je vous donnerai ma réponse quand je reviendrai. En attendant, occupez-vous un peu de la mercerie et faites preuve d'autorité chez vous.

Dans l'isolement d'Itaguassu, avec Chitân pour le tourmenter sans répit, du matin au soir et du soir au matin, la proposition d'Ibrahim prit des couleurs de plus en plus séduisantes, lui apparut sous un jour de plus en plus flatteur. Allah semblait rester à l'écart du débat, indifférent; il avait abandonné Jamil à un moment décisif, laissant entre ses mains la responsabilité pleine et entière.

Vue du misérable hameau où il se tuait au travail, la ville d'Itabuna, pleine de bruit et de mouvement, avec ses commerces, son église et sa chapelle, l'hôtel des Lords, le cabaret, les bars, les bordels dans les rues écartées, le remue-ménage à la gare au départ et à l'arrivée du train de voyageurs quotidien, les ragots de la politique et des magouilles sur les titres de propriété, les jagunços en armes, les convois de mulets apportant le cacao aux grands entrepôts des firmes exportatrices, Itabuna devenait une sorte de capitale régionale. A Itabuna, on vivait; à Itaguassu, on trimait.

Glorinha Cul d'Or venait le provoquer, comme d'habitude, et troubler son sommeil en s'offrant, nue, lascive et inaccessible. A elle s'ajoutait maintenant un autre appel pressant, tentation plus raffinée, cette femme mariée, Samira Jafet Esmeraldino. Le genou hardi, les seins bien ronds, généreux, faits pour être palpés et caressés, le regard de sainte nitouche, provocant, la langue humide sur les lèvres sèches, Samira murmurant : viens, viens vite, je t'attends; une belle-sœur, ce n'est pas une vraie parente. Laquelle des deux la plus désirable, la plus salope ? Deux appeaux pour le fourvoyer, la pute professionnelle, l'autre plus pute encore.

Avant tout, cependant, ce qui pesait dans la balance, c'était la perspective de redresser la mercerie en peu de temps, pour la transformer ensuite en bazar bien approvisionné en marchandises de bonne et belle qualité, en faire un établissement achalandé, ramasser de substantiels bénéfices. Proclamé chef de clan, Jamil édicterait la loi sans brutalité. Il se voyait au comptoir, aidé par ses belles-sœurs Samira et

Farida. Au lieu de rester chez elle à sucer des bonbons, à tailler des bavettes avec n'importe qui à la gare, Samira, jeune et pleine de santé, apporterait à la mercerie un concours précieux, joignant l'utile à l'agréable. De même Farida : une présence agréable, bien faite pour plaire aux pratiques ; la clientèle masculine grossirait dès que le Bon Marché se serait transformé en bazar. Quant au sympathique Alféu, rendu à sa véritable vocation au Magasin Anglais, il pourrait réaliser là-bas une carrière enviable, d'apprenti à compagnon, de compagnon à maître artisan, sans mettre plus longtemps en péril les finances de la mercerie.

Il n'est pas inutile de répéter ce que l'on sait de reste : une belle-sœur n'est pas une vraie parente, mais les liens de famille autorisent une intimité pour ainsi dire fraternelle. Les horizons de Jamil s'élargissaient : le sultan et son harem. Cela, oui, c'était vivre.

Il étudiait minutieusement les articles du contrat à établir par-devant notaire. Associé, par la main d'Adma, à l'héritage de la mère, associé d'Ibrahim à parts égales, en fait patron de l'affaire. Tout entier à ses loisirs, Ibrahim demeurerait comme une sorte de commanditaire, Jamil ayant complète autorité sur tout, et le droit de faire à sa guise.

Il prévoyait d'acheter pour commencer la part de Jamila et Ramiro, son mari. Celui qui possède une plantation de cacao n'a d'autre ambition dans la vie que d'acquérir des terres et encore des terres pour planter, agrandir la propriété, augmenter les récoltes; il ne s'intéresse pas au commerce. Par la suite, il verrait comment faire pour les parts des autres belles-sœurs : tout dépendrait de leur comportement, et de celui des beaux-frères. Dans les périodes de repos, les bénéfices croissaient, et l'emportaient de plus en plus.

La laideur même d'Adma, dragon agressif, stockfish ranci, s'atténuait avec la distance. Chitân, le teigneux, ne pouvait dissimuler la vérité, il n'avait tout de même pas de tels pouvoirs. Mais il arrivait à supprimer ou estomper certains détails, réduisait la moustache à un duvet un peu fort, transformait la moue acerbe en expression de dignité. A bien voir, Jamil avait dû en culbuter sans avoir la nausée de bien plus effroyablement repoussantes, et en payant en bon argent, avec en prime le risque d'attraper une sale maladie, adénite, chancre, chaudepisse.

De plus, il faut considérer que certaines femmes laides peuvent être irrésistibles. Elles ont leur mystère, comme Raduan Murad l'avait un jour expliqué, en entendant Jamil s'étonner de l'extravagance de Salim Hadad, un compatriote millionnaire dont les plantations produisaient, bon an mal an, au moins quatre mille arrobes. Mariée avec une cousine, Yasmina, une femme superbe, un morceau de roi, il passait la moitié de son temps avec la grognasse la plus tartouse de la rue de l'Umbuzeiro, Silvinha, tronche de moule, arrière-train en déprime, tétasses flétries, une vraie pochetée. Il dépensait avec elle un fric fou, comment expliquer pareille absurdité ?

– C'est qu'elle a son mystère, mon cher Jamil. Une bonne femme peut être laide d'aspect, pire encore de formes, mais si le bénitier est à se mettre à genoux, alors c'est un pur diamant, hors de pair. Et, tout à fait entre nous, je peux te l'assurer : un bénitier comme celui de Silvinha, je n'en connais pas de comparable... Et il avait fait claquer sa langue pour confirmer, avec nostalgie.

Qui sait si Adma ne serait pas une de ces privilégiées, foufoune divine, à se mettre à genoux ?

Y croire vraiment, bon, Jamil n'y croyait sans doute pas, mais après tout ce n'était pas impossible. Sur place, à Itaguassu même, il y avait bien l'exemple de Laurinha, qu'on surnommait la sorcière. Tellement elle était affreuse. Et puis, le lumignon éteint, dans l'obscurité, et en pensant à une autre, elle n'avait pas sa pareille, avec sa craquette étroite de petite pucelle, palpitante, une chatoune à savourer à loisir.

Le plus difficile, c'était d'adoucir l'âpreté du caractère. Jamil n'arrivait pas à oublier la maligne présence de la mégère à ce fameux dîner, et encore moins la scène du martyre d'Ibrahim. Il se voyait revenir du cabaret, en pleine nuit, ou de chez Afonsina, au petit jour : un mari n'a pas d'heure fixe pour rentrer chez lui, ni de comptes à rendre. Et il tombait sur Adma qui le guettait par la fenêtre, en pétard, réveillant le voisinage; l'esclandre à répétition, le scandale impossible. Adma voulant lui mettre le grappin dessus, le subjuguer comme elle l'avait fait avec Ibrahim. Bistouquette et cravache suffiraient-elles? Douteux.

Abandonné par Allah aux séductions de Chitân, livré à ses seules forces personnelles, il avait passé deux mois au cœur de cette bataille, sans rien décider. Mais, à tout instant, le Maudit accentuait son emprise sur l'âme de Jamil; à la veille de se mettre en route pour Mutuns, d'où partait le train pour Itabuna, celui-ci considéra comme irrécusable la proposition d'Ibrahim : établissement commercial bien monté, fortune à portée de la main et femme de grande classe. Mais il pensait à Samira, non à Adma.

Pour Adma, peu de bistouquette et beaucoup de cravache. A moins que l'affreuse n'eût, elle aussi, ses mystères : foufoune incomparable, à se mettre à genoux. C'est bien possible, presque sûr, lui soufflait le démon dans le creux de l'oreille.

15

Allah et son Prophète Mahomet étaient-ils donc si peu soucieux du sort de leur fils Jamil Bichara qu'ils en étaient venus à oublier le pacte de foi et d'assistance qui existait entre eux, à ne pas même attirer son attention sur les dangers de l'entreprise dans laquelle il s'obstinait à vouloir s'engager ? Il est bien probable qu'ils essayèrent, sans que l'entêté leur prêtât l'oreille : j'étais aveugle et sourd, devait avouer Jamil lui-même à Raduan Murad ; livré à la tentation de l'or et de la chair. Chitân habitait en mon cœur.

A en croire l'adage, les voies de Dieu sont impénétrables, et pour arriver à ses fins le Seigneur emploie des méthodes singulières, fait agir des ressorts inattendus. Cependant que Chitân, ayant pris ses quartiers à Itaguassu, s'employait à temps complet à séduire Jamil, Allah, le grand Allah, lui, manœuvra à Itabuna pour sauver l'âme et défendre l'avenir de son fils bien-aimé.

L'affaire terminée, analysant avec Jamil le déroulement de la bataille, Raduan Murad, qui l'avait suivie pas à pas, avec un intérêt passionné, Raduan, informé des procédés de Chitân (rêves lubriques, pièges grossiers, promesses exagérées et douteuses), jugea la stratégie et la tactique d'Allah supérieures à tous égards. Non seulement parce qu'il avait placé l'ennemi devant le fait accompli, mais en raison même de sa façon d'agir : au lieu d'élucubrations subjectives, des actions fulminantes, dans la meilleure tradition de l'Ancien Testament. Il avait démontré qu'il était en pleine forme. La performance, magnifique, commença par l'épisode romantique et héroïque du convoi en folie, le premier d'une séquence de coups spectaculaires, absolument superbes.

Le convoi de mulets fut pris de panique, sans motif apparent, juste avant d'arriver aux entrepôts de Kuntz et Cie, une firme suisse d'exportation de cacao. Les bêtes se mirent à courir en tous sens, ruant, pétaradant, bousculant les passants à une heure de grande affluence dans les rues ; les sacs tombaient des bâts, les amandes de cacao roulaient dans les caniveaux, les gens fuyaient partout en débandade, bref, un effroyable tohu-bohu.

A ce moment précis, la demoiselle Adma venait de s'engager dans cette rue en pleine confusion, alors qu'elle revenait de chez Samira, place de la Gare, où elle avait encore fait une scène à sa sœur. Elle avait même fait allusion à Jamil Bichara, en allant jusqu'aux injures quand Samira l'avait défendu, ainsi que leur père : l'un célibataire, l'autre veuf, ils avaient parfaitement le droit de fréquenter les maisons de filles publiques. Les esprits s'échauffèrent, et Adma faillit bien tourner de l'œil quand l'appétissante Samira l'accusa d'être intolérante parce qu'elle n'avait trouvé personne qui voulût d'elle : rien ne la blessait plus profondément.

Elle allait donc, tête basse, malheureuse, par le milieu de la rue, quand elle entendit les cris et les hennissements et vit tout à coup devant elle les animaux devenus furieux, sous les pattes desquels elle allait mourir écrasée; et malgré tout, elle ne souhaitait pas mourir. Elle ne trouva pas la force de s'enfuir, poussa un hurlement, ferma les yeux, attendit le choc, la chute, les sabots ferrés, la fin. Elle se sentit enlevée dans les airs, s'évanouit.

Lorsqu'elle rouvrit les yeux, elle comprit qu'elle était entrée dans la vie éternelle, et qu'elle avait mérité le paradis : devant elle, un archange se penchait et lui souriait, céleste, éblouissant.

Ce n'était pas le paradis, mais l'intérieur d'un magasin de tissus; quelqu'un essayait de la faire boire, de l'eau lui coulait aux commissures des lèvres. On entendait encore les échos du tumulte, les éclats de voix des muletiers.

L'archange n'avait pas d'ailes, mais il continuait à la regarder en souriant. Un gros bonhomme, mouillé de sueur et de frayeur, tout agité, prit la parole :

– D'un cheveu, vous vous en tirez d'un cheveu, c'est un miracle. C'est ce jeune homme, là, qui a risqué sa vie pour vous sauver, c'est un héros.

Et il désignait l'archange à l'admiration de la foule qui se pressait à la porte pour mieux voir.

Adma dévisagea le héros : il avait perdu sa nature céleste, mais restait jeune et fort, et ne cessait pas de sourire; elle continua à le trouver éblouissant. Courtoisement, il lui tendit la main pour l'aider à se lever de la chaise où on l'avait assise, et dit :

– Allez, Adma, je vais vous ramener chez vous.

Adma se sentait faible, l'esprit brouillé, ne comprenait pas très bien ce qui se passait. Elle ne s'était pas encore remise du choc. D'où le prince la connaissait-il, comment savait-il son nom ?

A demi hébétée, elle accepta la main qui lui était offerte, mais chancela en se mettant debout; il la retint, en la prenant par le bras :

– Appuyez-vous à mon bras. Allons-y, mon chou.

« Mon chou », quoi de plus gentil, de plus galant ?

16

Pour la première fois de sa vie, Adma se vit dans la rue au bras d'un homme, un homme qui l'avait appelée « mon chou » et qui lui souriait, d'un sourire plein de sous-entendus.

– Vous ne vous souvenez pas de moi ?

Elle aurait bien voulu répondre oui, qu'elle se souvenait, comment aurait-elle pu l'oublier... Malheureusement, elle ne se rappelait ni où ni quand elle l'avait vu, ni plus gros, ni plus maigre, éblouissant ; jamais. Perplexe, la voilà qui se mit à sourire, tandis qu'il lui rafraîchissait la mémoire :

– Je travaillais à La Mode, qui appartient à

mon frère Aziz, vous ne vous rappelez pas? J'étais toujours à vous regarder, je rêvais de vous approcher...

Il était là à la regarder, à rêver de l'approcher? Jamais elle ne s'en était rendu compte.

Une bouffée de chaleur envahit sa poitrine maigre : elle ne se rendait pas compte, mais il y avait des hommes qui la regardaient, jeunes, princes fascinants, archanges du ciel qui soupiraient après elle. Le plus merveilleux, ce fut quand ils arrivèrent à proximité du petit immeuble :

– Je passe par ici tous les jours, rien que pour vous voir à la fenêtre, mais vous ne faites même pas attention à moi.

Adma s'arrêta net : comment faire pour l'entendre répéter qu'il passait par là uniquement pour la voir? Ah! elle n'arrivait pas à y croire. Que n'aurait-elle donné pour que Samira fût là, qu'elle pût voir et entendre, morte de jalousie! Elle fit un effort pour recommencer à parler :

– Il faut prendre la rue qui passe par-derrière, j'étais sortie par la porte du jardin.

Ils firent le tour; la clé tremblait dans la main d'Adma. Le prince, souriant toujours, la lui prit et ouvrit le vieux portail des amoureux. La vieille fille entra, les yeux baissés; elle n'avait pas le courage de regarder en face celui qui lui avait sauvé la vie, l'avait prise par le bras et lui avait dit des mots qu'elle n'avait encore jamais entendus. Ce n'était sûrement qu'une vision qui allait s'évanouir.

– Je ne sais comment vous remercier; vous m'avez sauvé la vie!

Elle parlait de l'intérieur du jardin, d'une voix éteinte : l'enchantement passé, il allait disparaître pour toujours. Bien court avait été le chemin de la félicité; à peine avait-elle pu entrevoir le paradis, voilà qu'elle allait retourner à l'enfer.

– Vous savez pas, ma toute belle?

Adib Barud, archange, héros, prince, dromadaire au poil laineux, élargit son sourire, franchement bien ou mal intentionné maintenant, c'est comme on voudra, cligna de l'œil et annonça :

– Eh bien! Je vais te montrer, et pas plus tard que tout de suite, ma mignonne...

Il répéta « ma mignonne » et ajouta, prêt à tout : « Ma petite chatte! »

Il avait franchi le portail et le ferma derrière

lui. D'une main, il attrapa Adma par la taille, de l'autre il lui soutint la tête, son chignon se défit, elle demeura sans voix et comme paralysée. Adib lui plaqua un de ces baisers qu'il avait appris avec Procopia, celle du juge aux affaires civiles : une ventouse des lèvres, de la langue et des dents, à lui marquer pour toujours la bouche et l'âme. Elle se débattit un peu, il la maintint fermement. A la fin, le corps d'Adma devint tout mou, sans forces, entre les bras d'Adib : c'était trop pour un seul jour. Il la soutint, en l'appuyant contre le mur, et se serra contre elle, la caressa de haut en bas. Divine surprise : la planche à repasser avait de la poitrine, des seins qui n'étaient ni flasques ni tombants.

Ni flasques ni tombants, mais une grâce du bon Dieu, en cet après-midi de miracles : personne n'était resté sous les sabots des mulets, et le cacao fut ramassé grain à grain, de sorte qu'il n'y eut pas de dommage à déplorer. Quant à la présence d'Adib sur les lieux du drame, ce n'était pas l'effet d'une coïncidence surnaturelle; depuis sa conversation avec Raduan Murad, le garçon du bistrot cherchait une occasion propice pour parler d'amour à Adma. En la voyant passer à son retour de la gare, il avait demandé à M. Sante la permission de s'absenter et l'avait suivie de près; le reste fut l'affaire de Dieu, une affaire qu'il traita de façon grandiose, avec talent et promptitude, comme tout le monde put le constater.

17

– Aujourd'hui, c'est tout pour moi..., annonça Ibrahim Jafet, après avoir commandé une tournée générale d'anisette.

Il avait assumé la place et la charge laissées vacantes par le pharmacien Napoleão Saboia, seul champion national capable d'affronter les invincibles Syro-Libanais au jeu de trictrac.

Baissant la voix, il confia à l'oreille de Raduan Murad :

– Quinze jours que ça dure, mon bon, quinze jours hier...

– Quinze jours, Ibrahim mon frère? Une quinzaine complète?

Eh oui! Une quinzaine entière sans que la demoiselle Adma attende son père en pleine nuit, récriminations et injures à la bouche, pour l'esclandre habituel. Certains voisins trouvaient même que ça manquait. Il se passait quelque chose d'extraordinaire; Adma ne semblait plus être la même; Ibrahim aurait pu jurer qu'il l'avait vue sourire à plusieurs reprises au cours des derniers jours. Une quinzaine de calme plat absolu; aucune sorcellerie pour venir le perturber au moment crucial, l'empêcher d'exercer avec ardeur et compétence son rôle de mâle: il avait cessé de débander inopportunément. Qu'en dis-tu, vieux frère? Comment expliques-tu ça?

Raduan n'avait pas d'explication à donner sur-le-champ, mais il se mit à concevoir et accumuler des soupçons à mesure que se répétaient de plus en plus fréquemment les façons d'agir inattendues du jeune Adib, qui tournait constamment autour de sa table. A tout instant, sans raison, le garçon de café souriait ou clignait de l'œil dès que leurs regards se croisaient, sourires et clins d'œil de complicité. Une fois, il lui chuchota à l'oreille, tout en se frottant les mains : « Tout marche au poil, professeur ! » Les soupçons mûrirent : selon toute apparence, Adib avait quelque chose à voir dans la mystérieuse transformation d'Adma.

Plusieurs semaines passèrent, sans incident notable, à l'exception de la fusillade au Caga-Fumo, où deux femmes et trois hommes trouvèrent la mort, simple bagarre de jagunços dans un bordel, et de l'assassinat de Me Felicio de Carvalho, avocat des adversaires du colonel Amilcar Teles dans l'affaire des titres de propriété frauduleux de Pedra Branca, un règlement de comptes déjà anciens; bilan bien modeste pour une période d'un mois et demi. L'animation d'Itabuna connaissait-elle une décadence ? Et puis, sur la fin d'un de ces bons après-midi de trictrac pendant lesquels Raduan Murad demeurait seul au bar, à déguster un dernier petit verre d'arak, falsifié par la famille Mohana, mais délicieux, bien supérieur à l'anis d'importation, voilà qu'Adib s'approcha :

– Vous permettez, professeur ? Vous vous rappelez cette discussion de l'autre jour ?

– Discussion ? Quelle discussion ? Raduan joua l'innocent.

– Sur le mariage et tout ce qui s'ensuit. Vous avez dit...

– Ah! oui, j'y suis.

– Bon. Je suis orphelin de père et mère, comme vous savez. Alors, je voudrais que vous parliez à M'sieu Ibrahim, comme si vous étiez mon père. Je veux me marier avec sa fille.

– Tu veux te marier avec Adma?

Il se domina, pour ne pas laisser voir sa surprise; stupéfait, il garda le silence un bon moment et dévisagea Adib avec une admiration évidente.

– Et Adma, elle est au courant de tes intentions?

– Elle et moi, on se fréquente depuis deux mois, pas loin.

– Mais comment ça? Elle, à sa fenêtre, là-haut, et toi en bas, dans la rue? Avec des petits billets doux?

– Des billets doux, professeur? C'est pas mon genre! Non, non, c'est pour de bon, dans le jardin. Quand je sors d'ici, à dix heures du soir, elle m'attend là-bas, elle laisse la porte ouverte.

Et il fit claquer sa langue, un bruit obscène de satisfaction, identique à celui qu'il avait fait quelques mois plus tôt en parlant de Procopia, celle du juge aux affaires civiles.

– Tu veux dire que...

– Tout juste, professeur, exactement ce que vous pensez. Vous savez comment ça se passe : on commence en rigolant, et puis, touche un peu par ici, chatouille par là, quand on réalise, l'affaire est faite, c'est trop tard.

Fantastique personnage ! En voulant peut-être éclaircir les choses, il avait fini par laisser Raduan en pleines ténèbres lorsqu'il assura :

– Vous le croirez peut-être pas, professeur, mais elle est du tonnerre !

Il sourit, satisfait, plein d'entrain. Raduan Murad était fasciné.

– Dites à M'sieu Ibrahim qu'il ne s'en fasse pas, pour la mercerie : si je prends l'affaire en main, ça va devenir un bazar sensationnel.

Dans la bouche de qui Raduan avait-il entendu une affirmation exactement semblable ?

– Je vais m'occuper de la question, dit-il, acceptant la mission.

Et, lui accordant l'importance qu'elle méritait, il ajouta :

– La demande doit donner lieu à une fête, avec discours et tout : ce n'est pas tous les jours qu'on voit des fiançailles si... – il chercha le mot – ... de si bon augure.

Il demeura un instant songeur, dévisagea à nouveau Adib :

– Du tonnerre ! C'est bien ce que tu as dit, mon garçon ?

– Du feu de Dieu ! confirma le jeune homme.

Raduan Murad se mit en mémoire cette expression qu'il ne connaissait pas. Absorbé dans ses pensées, il tourna son regard vers le ciel qui s'embrasait tout autour d'Itabuna.

18

En passant devant les portes du Bon Marché, Jamil Bichara s'indigna de les voir closes à cette heure d'activité commerciale intense en fin d'après-midi : encore une belle sottise, qui réclamait une solution rapide, des mesures d'urgence. Il allait mettre bon ordre à tout ça dès qu'il aurait démêlé ce sac d'embrouilles.

Il se dirigea vers l'entrée principale du petit

immeuble, commença à monter l'escalier, entendit un brouhaha qui provenait du salon. En haut, les portes étaient grandes ouvertes; il jeta un coup d'œil à l'intérieur avant de frapper dans ses mains pour demander la permission d'entrer. D'après ce qu'il put voir, une cérémonie solennelle était en cours, qui rassemblait beaucoup de monde; peut-être le début d'une veillée mortuaire, triste et pleine d'animation? Y aurait-il eu un décès dans la famille? Qui sait si l'infortuné Ibrahim ne se serait pas suicidé, ne pouvant plus supporter la crise qui avait éclaté dans les affaires et au sein de la famille? Ainsi, et ainsi seulement, s'expliqueraient la fermeture de la mercerie et la toilette soignée, les vêtements de couleur foncée, de ce couple inconnu qui se tenait, immobile, sur le seuil du grand salon. Il reconnut la voix de Raduan Murad qui pérorait en langue arabe, sans aucun doute pour prononcer l'éloge funèbre de son vieil ami. Il endossa la mine de la tristesse et de la componction, mais écarta tout aussitôt l'hypothèse d'une circonstance funèbre en entendant le rire cristallin et dévergondé de Samira, une des principales raisons de sa venue, avec l'intention de dire oui.

Celui qui disait oui, c'était le maître de maison, le chef du clan, Ibrahim Jafet, débordant de santé et de satisfaction, euphorique. Il donnait son consentement paternel à la demande que Raduan Murad venait de formuler en portant un toast inspiré : il accordait la main de sa fille Adma à Adib Barud, qui devenait désormais son fils lui aussi.

Jamil se montra dans la salle à point nommé pour trinquer avec les membres des familles Jafet et Barud réunies pour une fête d'autant plus bruyante qu'elle était imprévue. Il fut présenté à Jamila, son autre presque belle-sœur, au mari de celle-ci, Ranulfo Pereira, et aux frères et belles-sœurs d'Adib; il connaissait ce dernier du bar, mais n'aurait jamais pu l'imaginer impliqué dans une histoire d'amour avec Adma. On voit de ces choses!

Il put contempler avec un paisible détachement la fatidique donzelle et ne sut pas s'expliquer comment il en était venu à admettre (et même à souhaiter) de pouvoir l'épouser. En l'observant qui s'abandonnait au bras de son fiancé, avec ses petits rires et ses minauderies, de quoi vous écœurer, il conclut que même en échange du royaume des Mille et Une Nuits un type normalement constitué ne pourrait souscrire à un pacte aussi infâme. Ce jeune Adib Barud était non seulement un individu d'une cupidité méprisable, mais encore un dégénéré. Et pourtant, il y avait moins d'une heure, Jamil avait monté l'escalier de l'immeuble dans l'intention de présenter, en prose courante, une demande identique à celle que Raduan Murad venait de transmettre, avec une émotion poétique, au nom de l'ex-garçon de café. Alors, vil de même, cupide, dégénéré ? Eh bien ! non. Possédé par Chitân, ensorcelé, aveugle et sourd.

Il leva son verre pour trinquer avec Sante à la santé des fiancés. Le propriétaire du bar, accompagné de son épouse Lina, la dame aux cuisses dignes d'attention, regrettait de perdre un employé courageux au travail, discret au chapardage ; il prévoyait pour lui un brillant avenir dans le commerce. Ce qu'il y avait à boire était de bonne qualité et offert gracieusement, la compagnie était agréable, Jamil Bichara participa à l'allégresse générale. Convive imprévu, il n'en fut pas moins l'un des plus communicatifs.

Alors qu'il disait des balivernes avec Samira dans une encoignure de fenêtre, ce fut lui qui, cette fois, fut pris brusquement d'un accès de fou rire.

– De quoi riez-vous de si bon cœur ? lui demanda l'exubérante personne.

– Je ris de Chitân..., répondit Jamil Bichara. Et c'était vrai.

19

De tout cet embrouillamini, Jamil Bichara se tira donc indemne, sans avoir rien perdu. Le profit rêvé dans les solitudes d'Itaguassu, la fortune, le sultanat n'étaient rien de plus que des chimères ; elles auraient difficilement pu se concrétiser, se seraient facilement réduites à néant. Et il lui serait resté sur les reins les engagements pris et le mariage. Le mariage : aïe aïe aïe ! Putain de bordel de merde !

Il demeura l'ami d'Ibrahim, joyeux compagnon des nuits de ribouldingue, et poursuivit le flirt sans conséquence avec Samira. Il allait lui rendre visite, place de la Gare, chaque fois qu'il passait à Itabuna : ils disaient des polissonneries, échangeaient des sourires, des sous-entendus, de vagues promesses, de tendres pressions de mains; il y avait des frôlements fortuits ici ou là, des coups d'œil plongeants dans le décolleté de la robe, et les choses n'allaient pas plus loin. Il prenait sa revanche dans les rêves qu'il faisait à Itaguassu, quand Samira batifolait avec lui au cours de folles nuits, nénés rebondis, ventre accueillant, précipice ombreux. Allah l'avait sauvé d'Adma, infâme destinée : bête de somme qui aurait dû se tuer au travail pour faire vivre les joyeux fumistes de la famille Jafet. En échange, il lui avait procuré gracieusement un bon copain et un petit béguin : il n'avait vraiment pas de quoi se plaindre.

L'écheveau une fois démêlé, il resta une énigme à résoudre, un mystère à déchiffrer, qui provoqua des controverses animées. Le jeune Adib Barud, à la tête de la mercerie, n'avait pas encore fait de celle-ci le grandiose bazar imaginé et promis (par lui-même et par Jamil), mais il avait remis les finances en équilibre, restauré le crédit, reconquis la clientèle. Si les résultats n'avaient pas été fantastiques, ils étaient loin, en tout cas, d'être négligeables. Pour autant qu'on le sache, Adib ne se plaignait jamais. Souriant et aimable au comptoir, il aimait bien bavarder avec tout le monde, et n'avait pas son pareil pour les potins ; au bar, il avait appris les bonnes manières, les clientes l'adoraient.

En dépit de son jeune âge, il réussit à s'imposer : patron compétent, travailleur, bien accepté et apprécié par toute la famille. De surcroît, heureux en ménage. Il se révéla un mari placide et dévoué, tendrement attaché au lit de sa chère moitié. Bien sûr, ce n'était tout de même pas un exemple exceptionnel de monogamie, comme l'avait été Ibrahim du temps de Salua. Une fois ou l'autre, il accompagnait son beau-père dans une virée nocturne avec retour à point d'heure. La première fois que la chose se produisit, Adma voulut montrer le bout de son nez ; elle resta debout à attendre, accumulant une réserve de fureur et de venin, et l'accueillit l'injure à la bouche, mêlant vociférations et sanglots, un tohu-bohu infernal. En attendant mieux, Adib lui balança une vigoureuse paire de claques, simple prélude à la raclée mémorable qu'il lui flanqua pour lui apprendre à vivre; ensuite de quoi il lui fit l'amour avec fougue et avec tendresse, pour la laisser, finalement, apaisée et comblée, ronronnant de plaisir. Chaque fois que ce fut nécessaire, mais aussi sans nécessité apparente, il renouvela le traitement : c'est ainsi qu'il la mit au pas, avec le bâton et la carotte.

Encore que critiquée par la communauté masculine et par quelques dames respectueuses de la loi en vigueur (une épouse, on l'enfourche avec des égards pour lui faire un enfant, au nom d'un devoir sacré; pour les indécences, les cochonneries, il y a les putes). La fidélité d'Ibrahim pouvait s'expliquer : c'était le mari de Salua, la belle des belles, une harmonie de courbes voluptueuses et de formes pleines, la grâce des traits, des yeux de sultane. Mais comment expliquer la retenue d'Adib ? Grand gaillard robuste et plein d'ardeur, naguère fort prisé de la gent féminine, voilà maintenant qu'il se faisait rare et distant. Pour le faire rester le soir à la maison, dans le lit conjugal, quel art ou quels artifices employait donc Adma, horrifique dragon, stockfish racorni, planche à repasser ?

Quand Adib avait promené sa main sur tout

son corps, ce jour inoubliable du coup de folie qui avait jeté la panique dans le convoi de mulets, il se révéla que ce n'était pas ce qu'on croyait : elle avait de la poitrine, ferme et bien ronde. Mais une belle paire de seins pouvait-elle suffire à faire oublier le reste ? Ou alors, ou alors, comme certains vinrent à le pressentir et à le suggérer au plus fort des discussions, Adma était-elle une des ces privilégiées à qui le bon Dieu avait accordé la grâce de la divine foufoune à se mettre à genoux ?

On ne le sut jamais de façon sûre. Mais Raduan Murad, lorsqu'il évoquait les données réelles et magiques de l'histoire des fiançailles et du mariage d'Adma, attirait l'attention de son auditoire sur le fait que Dieu, comme chacun sait, est brésilien. Responsable de l'avenir de Jamil Bichara, c'est avec la même efficience qu'il dirigeait le destin d'Adib Barud, tous deux ses fils de prédilection, élevés l'un comme l'autre dans l'amour du commerce et de l'argent, et le respect des lois du pays *grapiuna* [1]. Le musulman Allah s'étant servi du jeune garçon

1. Région méridionale de l'État de Bahia, région dont la ville principale est Ilhéus. (*N.d.T.*)

de café pour empêcher Jamil d'échapper à son destin, Jéhovah, Dieu des catholiques maronites, ne voulut pas être en reste : il n'allait certainement pas laisser Adib dans l'ornière, à patauger dans la crotte. Adma n'avait pas hérité de Salua la beauté du visage, les charmes des formes, mais, en échange, Dieu lui avait accordé la meilleure part de la succession, la plus importante : ce mystère incomparable qui rend irrésistibles quelques très rares femmes, jolies ou non, Salua ou Adma, peu importe. Un miracle de plus, un miracle de moins... Les miracles avaient lieu à tout bout de champ, au bon vieux temps de la découverte de l'Amérique par les Turcs.

Bahia, juillet,
Paris, octobre 1991.

Nouveau Cabinet Cosmopolite

(Collection créée par André Bay)

(Extrait du catalogue)

Kôbô ABÉ	*L'Homme-Boîte.*
Iouz ALECHKOVSKI	*Confession du bourreau.*
	Le Kangourou.
Jorge AMADO	*La Bataille du Petit Trianon.*
	La Boutique aux miracles.
	Dona Flor et ses deux maris.
	Gabriela, Girofle et Cannelle.
	Les Pâtres de la nuit.
	Tieta d'Agreste.
	Tocaia Grande.
	Le Vieux Marin.
	Yansan des Orages.
	Tereza Batista.
Sawako ARIYOSHI	*Kaé ou les Deux Rivales.*
	Les Dames de Kimoto.
	Les Années du crépuscule.
Julian BARNES	*Le Perroquet de Flaubert.*
	Une histoire du monde en 10 chapitres 1/2.
	Le Soleil en face.
Louis de BERNIÈRES	*La Guerre des fesses de don Emmanuel.*
Breyten BREYTENBACH	*Confession véridique d'un terroriste albinos.*
	Mouroir.
André BRINK	*Au plus noir de la nuit.*
	Le Mur de la peste.
	Rumeurs de pluie.
	Un instant dans le vent.
	Un turbulent silence.
	Une saison blanche et sèche.
	L'Ambassadeur.
	États d'urgence.
	Un acte de terreur, tome 1 : Nina.
	Un acte de terreur, tome 2 : Lisa.
Jerome CHARYN	*Frog.*
	Le Nez de Pinocchio.
Franco CORDELLI	*Pinkerton.*
Don DELILLO	*Bruit de fond.*
	Libra.

Anita DESAI	*Un héritage exorbitant.*
	Le Feu sur la montagne.
	Le Bombay de Baumgartner.
Margaret DRABBLE	*Le Milieu de la vie.*
	Le Poing de glace.
	La Voie radieuse.
Shusaku ENDO	*Scandale.*
Penelope FITZGERALD	*La Porte des anges.*
Adelaïda GARCIA MORALES	*Le Silence des sirènes.*
	El Sur suivi de *L'Histoire de Bené.*
Mark HELPRIN	*Conte d'hiver.*
	Ellis Island.
Yasushi INOUÉ	*Histoire de ma mère.*
	Le Faussaire.
	Combat de taureaux.
Henry JAMES	*Un Portrait de femme.*
Yoram KANIUK	*Adam ressuscité.*
	La Vie splendide de Clara Chiato.
Jack KEROUAC	*Maggie Cassidy.*
Ken KESEY	*Vol au-dessus d'un nid de coucou.*
Pär LAGERKVIST	*L'Exil de la terre.*
Carson McCULLERS	*La Ballade du café triste.*
Penelope LIVELY	*Serpent de lune.*
Icchokas MERAS	*La partie n'est jamais nulle.*
	Sur quoi repose le monde.
Taghi MODARRESSI	*Le livre de ceux qui sont partis.*
Anaïs NIN	*Journal, tomes I, II, III, IV, V, VI, VII.*
Joyce Carol OATES	*Amours profanes.*
	Aile de corbeau.
	Haute Enfance.
	La Légende de Bloodsmoor.
	Marya.
	Le Jardin des délices.
	Mariages et Infidélités.
	Le Pays des merveilles.
	Une éducation sentimentale.
	Bellefleur.
	Eux.
	L'Homme que les femmes adoraient.
	Les Mystères de Winterthurn.
	Souvenez-vous de ces années-là.
	Solstice.
Antonio OLINTO	*Le Roi de Ketou.*

Amos OZ	*Les Terres du chacal.*
Danko POPOVIC	*Le Livre de Miloutine.*
Anthony POWELL	*Le Roi Pêcheur.*
Rachel DE QUEIROZ	*Dôra Doralina.*
	Jean Miguel.
Felix ROZINER	*Un certain Finkelmayer.*
Salman RUSHDIE	*Le Sourire du jaguar.*
	Les Enfants de minuit.
	La Honte.
Vita SACKVILLE-WEST Virginia WOOLF	*Correspondance.*
Arthur SCHNITZLER	*Berthe Garlan.*
	Vienne au crépuscule.
Isaac Bashevis SINGER	*Au tribunal de mon père.*
	Amour tardif.
	Le Beau Monsieur de Cracovie.
	Le Blasphémateur.
	Contes.
	La Couronne de plumes.
	L'Esclave.
	Le Magicien de Lublin.
	Le Manoir.
	Le Domaine.
	La Mort de Mathusalem.
	Passions.
	Le Pénitent.
	Shosha.
	Un jeune homme à la recherche de l'amour.
	Perdu en Amérique.
	Conversations.
	Le Fantôme.
	Le Roi des champs.
Rosamond SMITH	*L'Amour en double.*
Violet TREFUSIS	*Il court, il court...*
	Lettres à Vita.
Frédéric TUTEN	*Tallien : une brève histoire d'amour.*
Anne TYLER	*A la recherche de Caleb.*
	Le Déjeuner de la nostalgie.
	Morgan l'Insaisissable.
	Toujours partir.
	Le Voyageur malgré lui.
Fred UHLMAN	*Il fait beau à Paris aujourd'hui.*
	Sous la lune et les étoiles.
	La Lettre de Conrad, suivi de *Pas de résurrection, s'il vous plaît.*

Sigrid UNDSET	*Christine Lavransdatter :*
	La Couronne.
	La Maîtresse de Husaby.
	La Croix.
Laurens VAN DER POST	*Furyo.*
Etienne VAN HEERDEN	*Le Domaine de Toorberg.*
David VOGEL	*La Vie conjugale.*
Franz WERFEL	*Cella ou les Vainqueurs.*
Angus WILSON	*Embraser le monde.*
Virginia WOOLF	*Journal, tomes I, II, III, IV, V, VI, VII, VIII.*
	Instants de vie.

Cet ouvrage a été réalisé par la
SOCIÉTÉ NOUVELLE FIRMIN-DIDOT
Mesnil-sur-l'Estrée
pour le compte des Éditions Stock
en novembre 1992

Imprimé en France
Dépôt légal : novembre 1992
N° d'édition : 9887 - N° d'impression : 22375
54-06-4135-02/7
ISBN : 2-234-02494-3